复旦大学中文系作家班

创办 30 周年(1989—2019)纪念

复旦大学中文系高山流水文丛

顾问:陈思和 骆玉明 主编:陈引驰 梁永安

烽火美人

张秉毅 / 著

复旦大学出版社

总序

"五四"新文学运动一百年来的历史证明：新文学之所以能够朝气蓬勃、所向披靡，为中国社会的进步和发展作出了那么大的贡献，一个很重要的原因，就是它始终与青年的热烈情怀紧密连在一起，青年人的热情、纯洁、勇敢、爱憎分明以及想象力，都为文学创作提供了丰厚的资源——我说的文学创作资源，并非是指创作的材料或者生活经验，而是指一种主体性因素，诸如创作热情、主观意志、爱憎态度以及对人生不那么世故的认知方法。心灵不单纯的人很难创造出真正感动人的艺术作品。青年学生在清洁的校园里获得了人生的理想和勇往直前的战斗热情，才能在走出校园以后，置身于举世滔滔的浑浊社会仍然保持一个战士的敏感心态，敢于对污秽的生存环境进行不妥协的批判和抗争。文学说到底是人类精神纯洁性的象征，文学的理想是人类追求进步、战胜黑暗的无数人生理想中最明亮的一部分。校园、青春、诗歌、梦以及笑与泪……都是新文学史构成的基石。

我这么说，并非认为文学可能在校园里呈现出最美好的样态，如果从文学发生学的角度来看，校园可能是为文学创作主体性的成长提供了最好的精神准备。在复旦大学百余年的历史中，有两个时期对文学史的贡献是不可忽略的：一个是在抗战时期的重庆北碚，大批青年诗人在胡风主编的《七月》上发表个性鲜明的诗歌，绿原、曾卓、邹荻帆、冀汸……形成了后来被称作"七月诗派"的核心力量；这个学校给予青年诗人们精神人格力量的凝聚与另外一个学校即西南联大对学生形成的现代诗歌风格的凝聚，构成了战时诗坛一对闪闪发光的双子星座。还有一个时期就是上世纪70年代后期，复旦大学中文系设立了文学创作与文学评论两个专业，直到1977年恢复高考的时候，依然是以这两个专业方向来进行招生，吸引了一大批怀着文学梦想的青年才俊进入复旦。当时校园里不仅产生了对文学史留下深刻印痕的"伤痕文学"，而且在复旦诗社、校园话剧以及学生文学社团的活动中培养了一批文学积极分子，他们离开校园后，都走上了极不平凡的人生道路，无论是人海浮沉，还是漂泊他乡异国，他们对文学理想的追求与实践，始终发挥着持久的正能量。74级的校友梁晓声，77级的校友卢新华、张锐、张胜友（已故）、王兆军、胡平、李辉等等，都是一时之选，直到新世纪还在孜孜履行文学的责任。他们严肃的人生道路与文学道路，与他们的前辈"七月诗派"的受难精神，正好构成不同历史背景的文学呼应。

接下来就可以说到复旦作家班的创办和建设了。上世纪八九十年代之交，复旦大学受教育部的委托，连续办了三届作家班。最初是从北京中国作协鲁迅文学院接手了第一届作家班的学员，正如《复旦大学中文系"高山流水"文丛》策划书所说的，当时学员们见证了历史的伤痛，感受了时代的沧桑，是在痛苦和反思的主体精神驱使下，步入体制化的文学教育殿堂，传承"五四"文学的薪火。当时骆玉明、梁永安和我都是青年教师，永安是作家班的具体创办者，我和玉明只担任了若干课程，还有杨竟人等很多老师都为作家班上过课。其实我觉得上什么课不太重要，我已经完全忘记了当初的讲课情况，学员们可能也忘了课堂所学的内容，但是师生之间某种若隐若现的精神联系始终存在着。永安、玉明他们与作家班学员的联系，可能比我要多一些；我在其间，只是为他们个别学员的创作写过一些推介文字。而学员们在以后的发展道路上,也多次回报母校,给中文系学科建设以帮助。

三十年过去了。今年是第一届作家班入校三十周年(1989—2019)。为了纪念,作家班学员与中文系一起策划了这套《文丛》,向母校展示他们毕业以后的创作实绩。虽然有煌煌十六册大书,仍然只是他们全部创作的一小部分。因为时间关系,我来不及细读这些出版在即的精美作品,但望着堆在书桌上一叠叠厚厚的清样,心中的感动还是油然而生。三十年对一个人的生命历程而言,不是一个短距离,他们用文字认真记录了自己的生命痕迹,脚印里渗透了浓浓的复旦精神。我想就此谈两点感动。

其一,三十年过去了,作家们几乎都踏踏实实地站在生活的前沿,在商品经济大潮的呼啸中,浮沉自有不同,但是他们都没有离开实在的中国社会生活,很多作家坚持在遥远的边远地区,有的在黑龙江、内蒙古和大西北写出了丰富的作品,有的活跃在广西、湖南等南方地区,他们的写作对当下文坛产生了强大的冲击力;即使出国在外的作家们,也没有为了生活而沉沦,不忘文学与梦想,是他们的基本生活态度。他们有些已经成为当代世界华文文学领域的优秀代表。老杜有诗:"同学少年多不贱,五陵衣马自轻肥。"这句话本来是指人生事业的亨达,而我想改其意而用之:我们所面对的复旦作家班高山流水般的文学成就,足以证明作家们的精神世界是何等的"轻裘肥马",独特而饱满。

其二,三十年过去了,当代文学的生态也发生了沧桑之变。上世纪90年代以来,文学已经从80年代的神坛上被请了下来,迅速走向边缘;紧接着新世纪的中国很快进入网络时代,各种新媒体文学应运而生,形式上更加靠拢通俗市场上的流行读物。这种文学的大趋势对"五四"新文学传统不能不构成严重挑战,对于文学如何保持足够的精神力量,也是一个重大考验。然而这套《文丛》的创作,无论是诗歌、散文还是小说,依然坚持了严肃的生活态度和文学道路。我读了其中的几部作品,知音之感久久缠盘在心间。我想引用已故的作家班学员东荡子（吴波）的一段遗言，祭作我们共同的文学理想：

> 人类的文明保护着人类，使人类少受各种压迫和折磨，人类就要不断创造文明，维护并完整文明，健康人类精神，不断消除人类的黑暗，寻求达到自身的完整性。它要抵抗或要消除的是人类生存环境中可能有的各种不利因素——它包括自然的、人为的身体和精神中纠缠的各种痛苦和灾难，他们都是人类的黑暗，人类必须与黑暗作斗争，这是人类文明的要求，也是人类精神的愿望。

我曾把这位天才诗人的文章念给一个朋友听，朋友听了以后发表感想，说这文章的意思有点重复，讲人类要消除黑暗，讲一遍就可以了，用不着反复来讲。我不同意他的观点，我说，讲一遍怎么够？人类面对那么多的黑暗现象，老的黑暗还没有消除，新的黑暗又接踵而来，人类只有不停地提醒自己，反复地记住要消除黑暗，与黑暗力量做斗争，至少也不要与黑暗同流合污，尤其是来自人类自身的黑暗，稍不小心，人类就会迷失理性，陷入自身的黑暗与愚昧之中。东荡子因为看到黑暗现象太多了，他才要反反复复地强调；只有心底如此透明的诗人，才会不甘同流合污，早早地离开了这个世界。

我之所以要引用并且推荐东荡子的话，是因为我在这段话里嗅出了我们的前辈校友"七月派"诗人中高贵的精神脉搏，也感受到梁晓声等校友们始终坚持的文学创作态度，由此我似乎看到了高山流水的精神渊源，希望这种源流能够在曲折和反复中倔强、坚定地奔腾下去，作为复旦校园对当今文坛的一种特殊的贡献。

复旦大学作家班的精神还在校园里蔓延。从2009年起，复旦大学中文系建立了全国第一个MFA的专业硕士学位点。到今年也已经有整整十届了,培养了一大批年轻的优秀写作人才。听说今年下半年,这个硕士点也要举办一系列的纪念活动。我想说的是,作家们的年龄可以越来越轻,我们所置身的时代生活也可以越来越新,但是作为新文学的理想及其精神源流,作为弥漫在复旦校园中的文学精神,则是不会改变也不应该改变,它将一如既往地发出战士的呐喊,为消除人类的黑暗作出自己的贡献。

写到这里,我的这篇序文似乎也可以结束了。但是我的情绪还远远没有平息下来,我想再抄录一段东荡子的诗,作为我与亲爱的作家班学员的共勉:

> 如果人类,人类真的能够学习野地里的植物
> 守住贞操、道德和为人的品格,即便是守住
> 一生的孤独,犹如植物
> 在寂寞地生长、开花、舞蹈于风雨中
> 当它死去,也不离开它的根本
> 它的果实却被酿成美酒,得到很好的储存
> 它的芳香飘到了千里之外,永不散去
> 停留在一切美的中心
> ——《停留在一切美的中心》

陈思和

2019年7月12日写于海上鱼焦了斋

目录

第一部　青山 / 001

第二部　平川 / 061

第三部　大河 / 115

后记：我看青山多妩媚 / 172

第一部　青山

一

大青山头乱云飞。

鸡叫狗咬的马兰滩村，人们才端起粗瓷大碗，在戴帽堆尖的酸粥上用筷子抹上红辣椒末，还没往嘴里送上几口，就听外边"啪啪"地起了两声枪的脆响。

晨雾还没散尽的村庄，瞬时马嘶人吼，鸡飞狗跳。

一大队日本鬼子"哗啦啦"将个小小的村子围成了个铁桶。

人们呼儿唤女、丢鞋拉帽、碰头切脑、东西南北一通乱跑，到头还是让那一把把明晃晃的刺刀逼回到村中央的打麦场上。

鬼子大队长渡边戴着雪白的手套骑着高头东洋大马立在麦场的东边，八个小鬼子牵着八只大狼狗分立两旁。

四眼翻译官分开狼狗出来，跳上碌碡滚儿，拿出一张黄纸在空中抖开："凡我念到名字的，都站到麦场西边去。"

随着四眼翻译官一通鸭子似的叫唤，一个一个的男女，从人群中分离出来，犹犹豫豫地走到麦场西边。

四眼翻译官举着手："一二三……"从左到右，从右到左数了两遍转身到渡边的马前，双脚跟"啪"地一并，接着一个鸡啄米般的大鞠躬："报告太君，马兰滩抗属除缺了一名，其余十四人全部在此。"

渡边左手抹着八字胡略一沉吟，突然"唰"地抽出挂在腰上的军刀。

人们还没反应过来，麦场那头，就爆豆般地枪声大起。

站在西边的那十四个人，如劲风吹来时的针茅草，倒伏了一地。茅草在风过后还有再起来的时候，这些人在枪声停了后却再没一个起来。

有四个鬼子踏踏地跑过去,像瓜地挑瓜一样儿在尸体堆里走了个来回,"啪啪"地补了几枪,又"嚓嚓"地捅了几刀,就收枪小跑着归队。

那八只畜牲叫一阵新鲜的血腥味儿逗引得口吐血舌,眼看就要扑断绳子。

渡边嘴角闪过一丝笑意扫视众人,手里的军刀在空中划了个弧线,慢慢插回刀鞘。

麦场北边的一群,就像赶到屠场的绵羊,实插插地挤成一堆,有的遮眼,有的掩口,有的背身,有的瘫卧,还有人滚热的臊尿水顺着大腿根儿淋将下来,臊气冲飞……

也不知过了多久,人群里终于有人吼叫了一声:小日本,爷爷今天也不活啦!你狗日的厉害,就给爷爷也来上个痛快吧!

人群一下子骚动起来,可再看时,麦场上的鬼子已开撤,顺着村里的黄土村道,扬长而去……

二

人们"哗"地向麦场西边拥过去,冲天的血气又把人们逼后退,有人哭天喊地,有人晕倒在地,有的哇哇吐开,还是几个死者的亲人故交甚也不顾先扑过去。

呼不应,叫不醒,拉不动,扶不起。放开这个摸那个,到头,十四个血淋淋的尸体中,只有杨孝先老汉还有一口悠悠气。

有人飞也似的去摘来了门板,七手八脚把杨老汉抬上去,杨老汉喉咙里连着打了两个嗝,慢慢地睁开了眼睛。

"老哥哥——","他大叔——","大兄弟——","他大爷——","老姐夫——",人们七声八气地呼着叫着。

杨孝先老汉的目光在围着他的那一圈儿脸上来来回回地扫

着，最后定在了自己儿媳妇的二舅张二羊换脸上不动了。

张二羊换怔怔，就赶紧斜着肩膀往前挤，人们也赶快给他让地方，他的裤子大腿内侧，湿湿儿的，想拿甚往住遮掩，一时又没办法，只好弯倒腰抖抖地抓住杨老汉搁在门板上的一只手。

杨老汉还是瞪着张二羊换不说话，喉咙里又嗝儿嗝儿地响了几声就有血沫子从嘴里吐出来。

张二羊换："老哥，你有甚话……这还有甚放不下的，你就快给兄弟说哇！"

杨老汉长满胡子的嘴动了下，还是没有声，两眼紧瞅着亲家，张二羊换："啊呀，这都甚时候啦，人谁也有个回头拐弯的时候，要是还有甚撅扯不下的事儿，你就给咱麻利开金口吧！"

杨老汉的右手动了下："他二舅——"

张二羊换忙不迭地应："哎——"

杨老汉："他二舅……你说，咱亲家俩平日里处得咋样儿？"

张二羊换一听，脸笑得像哭一样样儿："嘿呀呀，好我的亲家哩，你看……这都甚时候啦，你咋还给咱说这种话！"

杨老汉噗噗地又吐了两口血沫子："那……他二舅……那我就说啦……"

张二羊换："赶快哇！"

杨老汉："……我把你外甥女兰兰填进房后的枯井里了……要是娃娃还活着，你赶快引上她上山，一天也不要等，去寻她女婿咯，你说给我家石柱，就……就说是他大我亲口说下的，他当八路，我和他妈把老命也赔上啦，他打鬼子就没上命打哇，活着，算他娃命大，死了，也是条好汉。可他总不能叫我杨家断了种，他二舅，你把兰兰给他引去，叫他小子无论如何给老杨家留下个种……"

张二羊换："谁说你老杨家会断种？从老古时杨家将传到如今，他狗日的小鬼子就能让杨家断种？！断不了，我今天在这儿敢把话说死，不光你老杨家不会断种，咱张王李赵哪家也不能断种，断种不就可了那狗日的小日本的意啦！"

杨老汉大吐了一口血沫，声音也弱下去了："……亲家……就求你这一回啦！你应下我也就……"

杨老汉的嘴不动了，眼瓷住了……

张二羊换摇着亲家的手，大声叫着："亲家，我应下啦！当着这马兰滩一村百十口，我应啦！我张二羊换满承满应，上有天，下有地，我全应下啦！"

杨老汉目光散开……

张二羊换慢慢放开杨老汉的手直起身子，双手在自个儿脸上抹了一把泪，又弯下腰看着已经咽气的杨老汉，说："亲家，我已经全应下你啦，你咋还合不上眼？你就把心放得宽宽儿的，无牵无挂上路哇！"

张二羊换慢慢地抹上了杨老汉的眼皮。

杨老汉口还张着。张二羊换抬起头向众人："各位谁身上有一个银元，算我张二羊换今天借你的！"

人们一阵骚动，就有一块银元递在了张二羊换手上。张二羊换把银元举在手上看了看，弯腰放进杨老汉的口里，又两手并用，轻轻儿地揉上了杨老汉的下巴。

这下，杨老汉虽是躺在门板上，可也和躺在麦场西边的那些人没啥分别啦！

张二羊换袖起手在地上蹲了下去。

有人提醒："兰兰这会儿……"

张二羊换呼地从地上站了起来，手一挥吼着："死了的已经死了，快，去救人……"

张二羊换扑倒在杨老汉家后边的枯井口上："兰兰——兰兰——我是你二舅呀，你快应一声呀！"

枯井底下有了人声："二舅——"

张二羊换这才发现自己空着手,忙趴起来吼:"快!麻烦哪位,给咱寻根绳来!"

就有人不知从哪儿连井绳带辘轳架还有一只大红柳筐都搬了过来。

辘轳架支好,井绳带着筐子放下去了。

张二羊换双手卷起向下边喊:"兰兰,绳子和箩筐都下去了,你就坐在箩筐里,手抓紧绳子……"

下边一阵响动。

井绳抖动了几下,绷紧了。

几个大男人用劲儿摇起辘轳,一会儿,一个小葱一样儿光鲜可人的新媳妇儿就从黑洞洞的井口里升了上来!

三

麻油灯点灯半炕明。

灯光把盘坐在炕沿上抽烟的张二羊换的身影子照在后墙上,熊一样样儿价大。

兰兰悄没声地靠在窗下边靠墙的铺盖垛上,仰着面望着发黑的屋顶发呆。

地脚下的灶台前,张二羊换老婆儿马氏正在一边用一把勺子搅熬在锅里的玉米面糊糊一边骂:"这个死鬼杨孝先,管不住自家的儿子,惹下大祸,他自个儿死就死了,咋还搅和得连人家也不让活啦!"

张二羊换:"你看你这说的是甚话?人家咋就不让咱活了?!"

马氏:"那他咽不下气,咋还要把咱也给牵上?"

张二羊换:"人家牵扯甚啦,不就因为我是兰兰的舅舅,平日里咱两家又交往得不坏,人家死也死的人啦,才张口托我办件事儿嘛!"

马氏:"哈呀呀,你眼瞎了耳聋了连心眼眼也实堵啦!今天叫那鬼子一会会儿杀倒一场面,因为甚?还不就是这些人家里有人当八路,这日本鬼子哪还有一点点人性,杀人就如往死捻蚂蚁呢,亏他杨孝先还真能张开那个死人口,引上兰兰上山去寻她女婿!哼,说得倒轻巧!"

张二羊换:"一个村村的人,谁不知道谁,那杨老汉活了一辈子求过个人么!这些年只有人家帮咱们,如今,人家就求咱这么一点点事儿,咱就推三说四?"

马氏的勺头子敲开了锅沿:"嘿,这是一点点儿事儿么?!你倒真会说话,嘿!如今,这满世界大人娃娃谁不知道,日本鬼子跟八路是死对头,为了困死山里的八路,早就下令封了大青山通咱土默川的十八道沟口,过一回关好比过鬼门关咧。难道你舅舅外甥身上长翅膀着哩,能展翅飞上山去?!"

张二羊换:"球!鬼门关不也照样儿天天有人过,再说,这大青山东西几百里长呢,我就不信他小鬼子就能把每条大路小路全封住,像咱家里的羊栅鸡窝,紧堵着关着丁猛还不是跑了羊丢了鸡的!"

马氏:"咦,你张二羊换平时屁也不敢响响儿放上一个的人,今儿个咋换了人改了性呢,敢是跟上鬼了哇!"

张二羊换也敲开了旱烟锅:"我说你这么大人,活得咋连个人话也不会说啦?说跟上鬼那也一定是你!"

马氏:"没跟上鬼么,你咋就那么……一口就应下那死鬼呢?我和你一个锅里搅稀稠也半辈子啦,不知道谁哇能不知道你,你张二羊换平日里就不是这样儿的人!"

张二羊换:"那你今天就给我说说看,我张二羊换不是这样儿的人又是哪样样儿的人?!"

马氏哼了一声:"哈呀这还非得用我挑明?我还怕当着你外甥面,让你这张老脸下不来呢!"

张二羊换终于让老婆说急了，用手拍着炕沿说："你看，你今天要是不给我说出个二二三三来，看我撕不了你那破嘴！"

"二舅，二妗子——"一直靠在铺盖垛上发怔的兰兰终于开口："你们俩千万不要吵啦，我那老公公咽气前求上二舅，不要说你们还是亲家，就算是求上了二下旁人，怕也不会有几个人会回绝他老人家的，我二舅就算应下了，可到底能不能去办，该不该办，咱还不是能慢慢商量嘛！"

张二羊换扭过头来，眼睁睁地看着自己这个外甥女："咦，我说兰兰，你咋……你看你说得这是个甚话？！"

马氏抢过话头："甚话？别看咱兰兰是个女娃娃，可我觉得人家说的这才算话！"

张二羊换："屁话，我说成甚也算个五八尺的大男人，今天又当着全村老少百十口巴巴地应下人家的话，就能不算话？那不真成了日哄死人啦！我看你们是成心不想叫我在这世上做人了吧？！"

马氏："咳……我今天这是说急了，才跟你瞎说这么多，其实啊，索性放开你的绷头绳子，我看你也未必就敢真去！"

张二羊换见老婆终于松口了，语调也缓和了一些儿："我既今天红口白牙给人家应下了，我就给人家办嘛，这有甚敢不敢的！"

马氏："就你，你要是真有这个胆，为甚抗日政府收缴日本人发的良民证，全村十个人有九个都交了，就你不交？！"

张二羊换："你看你这人……那回，咱不是忘了放甚地方寻不见了么，你又是不知道，这咋又成了我胆小？！"

马氏："你还嘴硬？难道真的让我揭你的老底？"

兰兰一看这老两口又要杠起来，急忙笑了一下，说："二舅，不是我二妗子说你，二舅是个善人，胆子不大，这也不是甚坏事儿，我记得小时候有一次二舅到我家，正赶上我们家杀猪，我大叫二舅帮着压猪，二舅不敢在前头压，就躲在猪的屁股后边压，我大的杀猪刀还没扎进去，猪一吼，二舅你就吓得圪挤住了眼丢开了手，结果那回，叫猪蹬掉了一只大门牙……"

张二羊换听着"咝"地往缺了一只牙的口里吸了一口气，急忙抿住嘴扭过头去。半晌，才扬起头说："兰兰，你个女娃娃，甚也不懂，二舅这人生来就见不得杀生害命，怕杀生害命那不叫胆小。就像那些狗日的小日本，杀人不眨眼，那也不能叫胆大，那是没有人性！"

马氏嘻嘻笑了："你胆大，胆大的让人闻见一身臊气！"

张二羊换"唰"地脸红了，幸亏老婆也再没有往下说。

张二羊换抬腿下地，再从外边回来时，手里就多了个面袋。

马氏："你这又是要做甚，饭不就在锅里么！"

张二羊换没应声，弯腰从地上搬了个瓷盆子，往炕沿上一放，提起面袋，"嗵"地倒出了多半盆的面。

马氏恼了："死老汉，你不乖乖地坐着，这又要做甚？"

张二羊换冲老婆儿翻着眼："做甚？和面烙烙饼嘛。兰兰她公公死前，嘱咐我一天也不要多等，赶紧引上兰兰上山去寻石柱，这话是有道理的，眼下日本鬼子又是封山，又是搜山的，咱八路游击队吃不上穿不上，武器也供不上，万一石柱要是真有了个闪失，这老杨家不就真的要断种啦？我既应了人家的事，就该受人之托，忠人之事。这抬埋死人，就花了一天，明天……我明天无论如何可得领上兰兰上山呀！"

这回是马氏真急了："啊呀，我费了这半天口舌，你连一句也没听进去吗？那我再问你一句，你真的就不怕我当了寡妇吗？"

张二羊换："这年头寡妇天底下铺着一层呢！"

马氏大骂："你成天是吃饭的，还是吃草料的？！"

张二羊换甚也不说了，从水瓮上摘下铜瓢来，舀了一大瓢水就要往面盆倒。

马氏丢开勺子冲过来就夺男人手里的水瓢。

张二羊换大吼一声:"你敢拦我我今天就跟你过不去!"

马氏伸出的手又停住了。

张二羊换把水"哗"地倒在了面盆里。

四

太阳上来照西墙。

张二羊换早就起来,往家里的水瓮里一口气担了四五担水,这会儿,水瓮的水要溢了出来。

老婆做好了早饭等他,他放下扁担,拿了酸粥碗,蹲在地下就吃。

饭罢,张二羊换从哪儿寻出个半新不旧的小背袋子,双手提住"哗哗"地抖了几下,一个一个往里边装夜来黑夜烙好的白面干饼。差不多全装进去了,才将袋子提到柜顶上,对在地下扫地的兰兰说:"行人要贪路哩,赶紧收拾打扮,我就去给你备驴。"

待张二羊换饮过家里仅有的那条小黑驴叫儿,又在驴背上搭了一条破棉被子,一切都准备稳当,还不见兰兰出来。

"兰兰——兰兰——"

张二羊换站在大门外向里边唤了好几遍,兰兰这才边系袄扣边从门里出来。

张二羊换拿眼看住外甥女头就摇得拔郎鼓一般,摆着手:"兰兰,你也不小了,咋还这么不懂事体?"

兰兰站住:"二舅,我咋啦?"

张二羊换:"嘿,兰兰,二舅这回送你进山,是去见你女婿是给老杨家接续香火,你虽说不是刚过门,可也不是还没生养么,咋结也不能就这么个灰头土脸的去见你男人吧!"

兰兰低倒头看了回自个儿,扬起脸说:"二舅,要不,我把过门时的那身衣裳穿上？"

张二羊换头一勾："这不就对啦？！没是没，有么，为甚不穿！"

兰兰就返回屋里换衣裳，一直阴着脸和男人怄气的马氏站在家门口探头探脑几回，终于颠着小脚跑出来了，"噔噔"几步走到男人跟前，早换上了笑脸："我说，他大，咱也是有儿有女的人家，如今娃娃们出门还没回来，你就这么连他们也不顾啦！咱一个枕头上睡了多少年啦，我知道你这人，还不是爱你那张面子，男人的面子是重要，可要和命比起来，咋价也是命当紧哇！"

张二羊换绷起个脸，像没听见一样样儿。

马氏见是说不转了，就缩到一面的墙边去，背靠了墙，一把一把地抹开了眼泪。

兰兰终于换了衣裳打扮一新出来了。

张二羊换看着外甥女漂漂亮亮的像一根刚从清水里洗过了的红萝卜，就嘴一咧笑着说："这不是个对！"

这时，太阳已经很高了，张二羊换一手牵着驴缰，一手将外甥女使劲儿一抱，就扶到了小毛驴儿的背上。

兰兰："二妗子，你也快不要再难活啦！我跟我二舅一路上多加小心就是啦！用不了几天天，也就回来啦！"

张二羊换牵着驴儿，直到走出一大截儿，才回过身来，冲老婆抡了下胳膊吼："不要再揩眉抹眼给我丢人啦！你就该做甚做甚去哇，对了，千万记住给我那旱烟苗浇水！"

村道上有人，前后左右瞭见他们的人都拢了过来。

"嘿，他二舅，你真的就送兰兰上山呀？"

"二羊换，没想到你这人还真讲义气啊！"

"啊呀，这是真走呀？"

……

有和二羊换过从密切的邻居过来说："羊换哥，这个时候进山，可不容易呀！"

"羊换呀，你小子是吃了豹子胆了吧！"

看到这么多人注目自己，张二羊换反倒平添了一身豪气。他昂着头迈着大步，朗声大笑："球，那天还没等咱眨几下眼睛，麦场上就躺倒了一大片，人家那不是个命，就我张二羊换的命里搅金子不成？！"

张二羊换在差不多满村人的注目下，昂着头往前走，步子迈得也跟平时两样儿啦！

突然，老婆儿又撅气马爬地追上来了。

马氏扯住男人袖口往男人手里拍了一个什么东西。

张二羊换低头一看，是那张自个儿早些时藏下来的贴着相片盖着印的良民证。他赶忙就手将那东西塞进了袄襟里。

这回，张二羊换反倒有点感激自个儿的老婆了，笑着压低声儿冲老婆说："啊呀，这东西，这回真还怕能用得着呢，我咋倒给忘了！"

女人抽了抽鼻子，说："你和兰兰一路上可要小心。万一不行就踅回来，啊？！"

张二羊换在老婆肩上"啪"地拍了一巴掌："你就把心放得宽宽儿价哇，我今年有福星照命，甚事儿也保证不会有的，看着吧，多则十天八天，少则三天五天，我们舅舅外甥就保证回来啦！"

女人就哭出了声儿，张二羊换怕又生枝节，就赶紧在毛驴屁股上用劲儿拍了一巴掌，小毛驴向前蹿去。张二羊换拉开大步，硬着脖子向前走了。

张二羊换走出好远，才回身向后挥挥手高声吼叫着："你们都赶快回哇，我们没事儿。再说咱男子汉大丈夫，生来世上做一回人，哪有那么容易的！"

在马氏和村里乡亲们的瞭望中张二羊换和外甥女兰兰出了村口，直向北边蓝瓦瓦的大青山下而去。

就剩下舅舅外甥二人了。

兰兰在驴背上对走在一边的舅舅说:"二舅,我二妗子其实是真替咱们操心咧。"

张二羊换长长地吐了口气:"可不是嘛,要不人们咋留下这么一句话:门槛比山高呢!"

五

舅舅外甥俩不到半前晌从马兰滩村出来,沿着夏日里平川庄稼地里的大路小道,一直向北,直到过了晌午,还没有过了铁道线。

兰兰感叹:"二舅,你说平日里这大青山蓝瓦瓦的,就好像在村北头的那个口子外,咱今天走了这半天,这大青山咋还在北面呢!"

手里折了根柳条赶驴的张二羊换这会儿早走得满头大汗,连对襟小褂的扣门子也扯开了。

张二羊换哈哈一笑:"望山跑死马呢!这条路我走过,从咱那儿到庙沟门,往少说也有五六十里路程呢!咱这会儿顶多也就走了一半儿多点!"

兰兰:"二舅,这大青山到底有多大呢?我们一个女人家一辈子最远也就走个娘家!甚也没见过,甚也不知道!"

张二羊换:"啊呀,这大青山么,那可是大海啦,听说,东头到了察哈尔的灰腾梁,西头一直探到大后套的尽头,东西没有一千也有八百里!这南北呢,上百里到几十里不等,翻过这山,就到了后草地,住的尽是些吃炒米喝奶子的蒙古人!"

兰兰:"啊呀,好我那二舅呀,这大青山既有这么大,那咱可上哪儿去寻石柱呀?!"

张二羊换:"这你不用愁,这大青山大是大,可八路军李司令的支队自日本人进来的第二年就来到咱大青山里,这几年听说一直就在归绥到包头以北这一带的山里,石柱不是投的就是李井泉姚喆司令吗！那他也一定就在这一带的山里头，对了，日本鬼子这回咋突然拿抗属们开刀呢？听说就是前些天八路游击队下山来，收拾了他们个痛快，还扒了铁路呢，闹得一串火车夜里翻了车，死了不少人呢！"

兰兰："怪不得鬼子到咱村里高粱地里耍大刀呢，原来这小日本也是劲不上老虎揉猫儿呢！"

两人走着说着，小毛驴子脖颈下的小铜铃叮当叮当地撒了一路。

舅舅外甥碰到一条小河，舅舅扶外甥女从毛驴身上下来，人和牲口，一起到了小河边，一阵痛饮。

张二羊换："到荫凉地缓上一会会儿吧，肚子也叫开了吧？"

吃着干粮，听到什么呜呜响，舅舅说："兰兰你听到了吧，是火车吼，咱们马上就要过铁道啦！"

从北平到包头去的火车真的就轰隆轰隆开过去了，半空中留下了一股长长的黑烟。

铁道两旁杳无人影。

张二羊换停住驴，自个儿跑到铁道边上前后左右瞭扫了一回，还屁股撅起把耳朵贴在铁轨上听了半天，急急地跑回来，有些兴奋地说："不要说鬼子汉奸啦，连个鬼影儿子也没有，咱快快儿过去。"

舅舅外甥就这么轻易地过了铁道线。

过了铁道，大青山真的就戳在眼前。

张二羊换有些得意地说："前面再走一二里，就是庙沟门啦，咱上路至今，这还不是平平安安的！这甚事儿，你也不能坐在家里把它想得太难喽，那就自个儿把自个儿吓住了，甚也做不成啦！"

兰兰还没接话，就听从大青山湾东边的树林后头，呼呼地射出两架飞机，两架飞机飞得连鹰高也没有，飞机先从这舅舅外甥俩的头顶飞过去，又突然返回来，向他们一头扎下来，响声震得人耳朵都生疼，机关枪和炸弹冲他们二人打了下来。

小毛驴一惊，就把兰兰从毛驴身上颠了下来，当舅舅的这关头也顾不来毛驴啦，过去拉起外甥女，几步跳到一个就近的土坑里。

张二羊换双手抱头屁股高高蹶在外边，也不管啦！

飞机终于飞走了。舅舅外甥二人这才慢慢从坑里爬起来，抖抖满头满脸的土，手搭在眼上朝天瞭了半天，仄着耳朵又听了半天，确信飞机真的飞走了，才拍打着身上的尘土从坑里出来。

张二羊换张嘴就呼叫他的小黑驴。忽听小黑驴在不远处的一处林子里昂头咳咳地叫，张二羊换撒开腿跑过去，一把抱住小黑驴，小黑驴也没少一根毛。

张二羊换高兴地骂着："你个驴日的倒精，比我还跑得快！"

舅舅外甥重又上路，路过几个村空无一人，都像失火烧过的人家。

张二羊换抽着气说："噢，不是老听人们说，这小日本鬼子为了困死山上的八路，把住在铁道北的百姓，都赶到路南，在沿山制造甚么无人区，看来情实！"

兰兰突然指着东边一个村子："二舅，你快看！"

张二羊换眯起眼远瞭，那边的一个村子又起了大火。

兰兰在驴背上拧着肩："二舅，你说这日本人到底是不是爹生娘养的，这咋杀人放火、甚灰他们做甚？"

张二羊换愤愤地说："不是安着个人头就能叫人的，我操你小日本十八辈祖宗！"

再往前走，就瞭见了庙沟门口的日本鬼子的哨卡、岗楼和膏药旗。

舅舅外甥就都闭了口，不再叨啦。

小黑驴的铃铛一下一下响着，让人有些心慌意乱。

有两个农民从对面急惶惶地走过来，边走边往后瞭，后边有狼撵着似的。他们从这舅舅外甥俩身边过去了突然又转过身来喊："嘿，老乡！老乡！"

张二羊换停住驴儿，回头。

一个中年农民过来，变眉失眼地说："啊呀你这人，还敢往前走哩？"

张二羊换："这……这是咋啦？"

中年农民："听口音你也是本地人，可不敢大睁着眼往那鬼门关投啦！赶快调头跑哇！"

另一个也说："啊呀呀，可没见过，就一口铁锅，就惹下祸啦……"

张二羊换没听明白，就笑着说："这位老乡，有话慢慢说，前面到底出下甚事儿啦？"

还是那个中年人又摇头又叹气说："我们头里走着三个武川人，都是山里的庄户人，就因为带了一口铁锅，叫小日本鬼子咬住球啦，油麻花也哄不开，硬说这三个庄户人是给山里的八路军游击队私运物资，把三个大活人绑在木桩子上，砍头的砍头，开腔破肚的开腔破肚……啊呀头砍了，那血喷出来那有这么高……"说话人还比划着。

张二羊换听着，就浑身打了下冷颤，整个儿人也瓷在那里了。

中年农民摇摇头，又往山口瞭了一眼，转身拉起另一个就走，给这舅舅外甥丢下一句话："出门在家，主意个儿拿，反正我们是话到了！"

远一些些骑在毛驴身上的兰兰也听到这些了，早已吓得脸成了张白纸。

张二羊换终于回过来神儿，他有些茫然地向兰兰那边看着，兰兰早已从驴背上滚下来，倚着毛驴背正看他。

张二羊换冲外甥抬抬手，要走过去，脚却踩在坑里似的，闪了一下。

张二羊换慢慢地搁挪过去，也扶住小黑驴的背，向不远处的哨卡那边瞭了会儿，把头抵在毛驴背上想了一回，又把头向已经走得快看不见的那两个人的背影望了一会儿，嘴里喃喃着：狗日的日本鬼子，不是好人操下的，是个人家，谁不买个铁锅……这就是通了八路……狗日的……"

兰兰："二舅，那咱到底是咋呀？"

张二羊换："咋呀？出门在家，主意个儿拿嘛！"

兰兰急得要哭了："好我那二舅呀，我跟着你出来就全凭你啦，我可是从没出过门，甚也解不下么！"

张二羊换还在说："出门……"实然想起了甚么，手就往自个儿的怀里掏，就掏出了走时老婆儿追出来给他的那个"良民证"。

兰兰睁大眼："那东西不就一张纸片子么！顶甚？"

张二羊换长出了口气，强颜笑着说："顶甚？这自古道，虎凭山，官凭印，你没看见这东西上面，有日本鬼子给盖的印章嘛！我看咱就放放心心往前走哇！"

兰兰半信半疑："就凭这？"

张二羊换："就凭这。这良民证，就能证明，咱是好人，是良民，他们自家发的证，盖的印，他们还能不认啦？！要是这也不管用，那他们又是照相，又是登记，灯笼火把地弄这东西做甚！"

兰兰听着舅舅的话似乎也有些道理，可是，又突然吼："二舅，你有证我没证呀，我们的那个，上年冬天抗日政府来收，都交出去了呀……对了，二舅，抗日政府说了，谁不交谁就不爱国，是甘心做亡国奴，全村村人差不多都交了，这咋……就独你的还在？"

张二羊换："嘿，这话我就不爱听啦，这良民证还不就是一张纸嘛，抗日政府要收交，有抗日政府的道理，可说不上爱国不爱国，愿不愿意做亡国奴，今儿个二舅就给你说实话吧，我就是故意没交……这不,咱今天这不就用上啦,拿日本小鬼子给咱的东西,给咱自己办事儿,这有甚不好!二舅今天就用这个把你这个抗属送进山去,你好好儿看着吧!"

张二羊换手里捉着这个良民证,像捉着了一个保证,壮了胆,他简直还有点儿得意起来。

兰兰:"那二舅,一会儿到了那儿,你有那东西,我没有,日本人要是问起来,该咋说?"

张二羊换:"这……你不是个女人嘛,你不会说你的忘在家了,咱就说我领着你进后山去,到你姨家去,你大姨病得厉害!"

张二羊换再往前走了几步,突然又说:"都说小日本见了面,是不弯腰不说话,一会儿……"

兰兰说:"那叫鞠躬哩,就好比咱中国人磕头呢,叫我给日本鬼子磕头,打死我也不干!"

张二羊换:"磕头是磕头,这弯腰是弯腰,一会儿你甚也不要管,有二舅呢,实在不行,弯弯腰有甚,咱不是为了自己顺利过去嘛!"

沟门口已经就在眼前,舅舅外甥还是有些紧张,走得就有些犹犹豫豫。

张二羊换又拿出良民证看了一回,才头皮紧绷绷地牵着小黑驴的缰绳捱了过去。

六

庙沟门是大青山通往土默川的十八道沟门里的一道。因沟口右边的山湾有一座不知建于何年何月的喇嘛庙,因此得名。

这里驻守着一小队日本兵和一个连的伪蒙古军。山口两边的山坡上修筑着坚固的水泥石头工事,配备着轻重机关枪还有小钢炮等火力。从西边山坡到沟底流水河槽垒着石头墙,拉着一道铁丝网，只有一条砂石土路贴着东边的山根儿连通山里山外，河槽东边一上来，就是"路卡"，昼夜有荷枪实弹的哨兵把守，严查过往行人。特别是去年夏天以来，日本鬼子为了打击一天比一天壮大的八路军大青山游击队，实行对山里的封锁、清剿等一连串儿的动作。在这十八道关口的封锁，也比以前更严。今天，说得更准确点，也就是晌午一会会儿，日本鬼子就惨杀了三个无辜的山民，就因为他们带了一口铁锅。铁锅是违禁物品，他们认为这是供给山里的八路游击队的。

现在，被砍头、捅死的那三个冤鬼，尸体就曝在河槽边的路畔上，这明显也是杀鸡给猴看的，吓唬每一个进出山口的老百姓，看看，还就是和那些八路游击队私通的下场！

张二羊换领着外甥女寻找当八路的外甥女婿，这还不算私通八路？！这比刚才那一只铁锅肯定要严重多了，三条人命刚刚送了，沟底的溪水里还飘着血花花呢，这个姓张的也实在是太胆大了吧！这不是自己又送上门来了吗！

其实，刚才舅舅外甥在瞭见岗哨的时候也踌躇了半天，外甥说："二舅，我都闻见血腥味儿啦，冲得人直想吐哩！我连这驴也快骑不住了。你不是说这大青山有十八条沟口，咱为甚偏偏就得走这一个呢？"舅舅抓耳挠腮又偏起头看看西边的日头，嘴里嘀咕着："要不咱掉头再到别的山口试一试啊呀那又得走到甚时候我看算球啦这哪条路还不是小鬼把门球的咱今天就肚疼吃冷饭顶上啦往前走吧再说我还有他们发的证呢我就看看小鬼子能把咱舅舅外甥悬含住顺咽了呀！"

"啪啪""哗哗"，这是甚？是小黑驴突然从尾巴后排出了一大堆粪蛋蛋又尿下了长长的就像没完了似的黄热尿水来。

张二羊换扬起手里的柳条就往毛驴身上猛抽："孬驴上道屎尿多！"

鬼毛驴畏畏缩缩，缠足不前。

张二羊换反倒来了劲儿，又打又骂着这驴日的，就到了路卡前。

果然，两个端着上了明晃晃的刺刀的大枪的兵就迎上来了。

让张二羊换做梦也没想到的是，这时候竟然听到了一声："啊呀，这不是马兰滩的二羊换哥吗？"

张二羊换的一只胳膊叫人给一把抓住了。再看时，刚才迎着他胸脯上来的两把刺刀少了一把，一个当兵的正睁大眼睛往他的脸上看呢！

张二羊换一时懵了："这……你是？"

士兵："看看，连兄弟我也认不得啦，我就是你们邻村的樊家虎呀！咱俩从小放驴成天在一搭里耍么！"

张二羊换这才大叫："家虎你……听说你当兵吃粮……哎，倒在这儿碰上啦！"

樊家虎："啊呀，我说羊换哥，这大热天你不在家凉凉儿呆着，没事儿不能和嫂子红火红火，这……这是瞎跑逛甚咧？"

张二羊换："兄弟看你说的，这但有三分奈何，谁愿意出门呢，这年头……这不是后山武川那边我那老姐姐捎来话儿，紧等病得不行行啦，哭着咽不下气说要在死以前见一面呢，这是我的亲外甥女兰兰……"

这时，从路东边的房子里，传出一阵大笑接着又是鬼哭似的号叫。

樊家虎："羊换哥，此地可不是咱啦话的地方，日本人刚刚杀了三个人正在喝酒呢，你们舅舅外甥碰到我值岗也算是运气，你们还是急马急流星走吧！"

另一个士兵也说话了："既然是老兄的乡亲就放你们过去吧，不过你们带良民证了吗？"

张二羊换慌忙把早已准备好的良民证拿出送到那位当兵的面前。

哨兵草草地看了眼，就催他们："快走哇！"

舅舅外甥二人就这样顺利地过了关。

张二羊换就打驴屁股就回头对樊家虎笑："那咱以后再……"

舅舅外甥二人真是高兴啊！

张二羊换就对外甥女吹开了："看看，咱这不就过了关啦！"

呀，别高兴的太早啦，身后就有一个人瞅上他们啦！

伪蒙古军的巴连长站在山坡上，眼睛瞅着，问："那个骑毛驴的小媳妇样子好像挺袭人的嘛。去，叫住！"

两个当兵就叭塌叭塌地追了上来拦住他们。

巴连长慢慢地从后边赶过来，绕着兰兰骑的小黑驴转过来又转过去。

巴连长呲牙笑着："从后影影儿瞭见，就让人放不开眼，果然是个美人儿！"

张二羊换忙满脸堆笑说："这位老总，我叫张二羊换，和你们那儿站岗的樊家虎是老乡，从小一搭里耍大的……这是我亲外甥女，我们有急事儿到后山去……对了，这是我的良民证。"

巴连长一把挡开张二羊换的手，下令："把人送到我那儿，记住，别让小日本看见喽。"

舅舅外甥就被送到路边伪蒙古军的营房里，被推进巴连长的办公室边的小房里。

巴连长吩咐手下："去给我备办一桌酒肉，今黑夜儿大爷我也要好好儿放松放松，就让这小美人陪着。"

手下："巴连长，这要叫日本人知道了……"

巴连长不耐烦地说："兴他小鬼子杀人，就不兴大爷我喝点小酒。去、去……"

手下："没有肉呀！"

巴连长："你妈的真是个糊脑子，这不是一头驴嘛！"

手下："是，我马上准备……"

小房门"哗啦"一声从外关上,"嘎哒"一声,铁锁锁上。

舅舅外甥你看我我看你大眼瞪小眼儿。

舅舅:"听见了没?他们要杀驴呢!"

外甥:"二舅你咋连个轻重也分不出来啦,咱人还不知道会咋样儿呢?倒操心上驴啦?!"

舅舅:"这还不是全因了你,本来,咱已经顺顺利利过了卡子了么!"

外甥:"这能怨我?"

舅舅:"不怨你怨谁,明明是你招来的那个鬼么!"

外甥:"人家在驴上骑着,头也没回一下下,咋是我招来的!"

舅舅:"啊呀,这今天要是我一个人走着,人家肯定不会把我追断回来!一个老男人,甚油水也没嘛!"

外甥:"这么说倒是我的不是啦?"

舅舅:"就是你……才惹下这麻烦的。"

外甥:"这还不是因为你,走时,人家本来就穿着粗衣烂衫,可你哇,就说不行不行,这样儿可不能去见男人,硬让人家换了这身衣裳,还要人家好好儿打扮打扮,这些话难道不是二舅你说的!"

舅舅终于觉得自己理亏了,哑默了会儿,叹气说:"嘿,谁想到呢,早知道这样儿,哪如就叫你头也不梳脸也不洗最好哇是再往脸蛋上抹两把锅底灰呢!"

外甥后悔得开始往下拔身上这身好看的女人衣裳……扣子也扯开了,才觉不能,身上可再没衣裳啦!

舅舅这会儿也真后悔啦,挠着自个儿的头骂:"我……我咋也成了个糊脑子呢!"

两个人都低下头,再找不见一句话。

外甥突然打了个冷颤,接着就双手蒙在脸上,抽泣起来。

舅舅:"哭顶屁用!"

外甥嘴扁着:"二舅,你说说,那个骚鞑子把我截回来,就只为陪着他喝喝酒吗?"

舅舅经外甥女这么一说,也觉着今天这事情怕是耗子拉木锨——大圪蛋还在后呢!

舅舅:"这怕——"

舅舅也浑身哆嗦了一下。

本来这外边是七月大热天,舅舅外甥却像坐在了冰窖里。

天也"哗啦"一声塌了下来,黑了。

也不知又过了几个时辰,忽然听到外边小黑叫驴"咴——咴——"地长叫。

舅舅动了一下:"驴还活着?"

外甥:"还说你那驴!"

再听,有人向小屋里走来,接着,门上的铁锁"哗"地打开。

外甥吓得浑身发抖,恨不得地上开个裂子……

门开了,一个黑影堵在门口。

外甥早钻到舅舅怀里了。

门口的黑影压低声儿说话了:"二羊换哥,是我,黄昏时,巴连长带着一帮弟兄叫日本人用汽车拉上去萨拉齐啦!我把看守你们的卫兵灌醉了,你们赶快离开这儿……"

张二羊换:"那……那我们现在没事儿啦?"

樊家虎:"外边还留着十几个小日本呢,你们出了门,就下河槽沿着流水赶紧往山里去。"

张二羊换:"兄弟呀……你的大恩大德,容老哥以后再补报!"

舅舅扶起外甥,轻手轻脚地从小房里出来,跟在樊家虎身后出了院子。

舅舅外甥按樊家虎的指点滚下河槽。

路卡那边,有汽车亮着灯光开来。

舅舅牵着外甥手淌进河里,突然说:"小黑驴!"

舅舅说罢就要掉头往河沿上跑。

外甥追赶上来拉:"不就是一头驴嘛!"

舅舅挣开外甥的手,猫着腰又跑上岸了。

外甥趴在沙土塄下,气得浑身发抖。

这时,从路上边卡子那传来了一阵人声。紧接着,还"啪啪"地起了枪声。

外甥口里抽着冷气,心想,二舅为了头驴今天算把命送啦!

外甥突然听到岸上有声音,黑暗中,舅舅牵着小黑驴滚下了河槽。

舅舅外甥和小黑驴一头撞进了墨汁般的黑夜。

七

真好比说书人常说的那句:"急急如漏网之鱼。"

外甥连驴也不骑了,舅舅牵着驴走在头里,就像要拼命丢掉外甥一样样儿疾走。

这一夜他们到究走了多少路,闹不清啦,反正,等第二天的太阳升起时,舅舅外甥真真儿地是坐在大青山深处的一块房大的岩石上歇息了。

从平川里看大青山,远看蓝瓦瓦的一道高墙样似的,近看则光秃秃的尽是些石头,稀有草木花朵,泉流飞瀑,要是旱季,连云雾也少见。可是进了山里却是另一个天地,到处是呛鼻子大山,跌死鬼深沟。眼下平川,每天太阳一升,就热得要命,这里却是清凉清凉,一大早,甚至还有点点儿冷呢。山坡野洼,云开雾合,树木葱葱。道路两侧野草过膝,草丛里星星似的到处都是红的、黄的、蓝的、紫的野花。山涧沟底,泉水汩汩,溪流激激,众鸟噪噪,时不时还传来几声狼嚎……

舅舅外甥二人昨天担了惊受了怕,如今可算是能长长出一口气了……

看,当舅舅拧着火镰点了锅烟,抽着,又开始吹喧上啦:"兰兰,你说这大青山从南看咋就没了树木呢?不知道哇,你肯定不知道,你娃才多大!那二舅给你说哇,其实呀,这大青山阳坡那边从古也是到处是树,松树、柏树、桦树甚么的多啦!都是在大清的时候,叫口里的木材商人给砍啦,到河口镇绑成木头筏子顺黄河放到内地倒卖啦!本来啊,大清皇上有令,是不叫人砍这大青山上的树的,砍树者,轻的断手挖眼,重的就有砍头的,可口里的那些买卖人早就瞅上这大青山上的树啦,爱得他们睡觉做梦都流涎水呢。后来他们终于打听到,归化城将军衙署里最大的官儿管着这大青山呢,他们就想方设法给将军送银子,期望将军能准许他们进山砍树,可这个将军是个清官,这一着不灵。后来,这帮口里商人就买通了将军府里的一个伺候人的老婆子,给将军的一个夫人送礼,夫人爱财,可是连她也不敢求将军放商人进山砍树,后来还是那个老婆子精,给夫人出了一个鬼点子,甚点子呢?你听我慢慢说,老婆子先让将军夫人突然假装跟上鬼啦,披头散发地闹,往下交命,然后又对将军说,民间有人跟上鬼了,主家就求人把盖了县官印的窗纸糊到窗上,妖魔鬼怪就被镇住了,病人也就好了,如今将军手里的'将军大印'不知比县官的权大多少,若照着做,肯定更管用。将军溺爱这位夫人,为救夫人,将军终于同意了,于是,老婆子搬来一大摞的麻纸,盖上将军印,糊到太太住的窗子上,太太的病慢慢就好了。没多久将军却叫皇上下令砍了头,为甚呢?那老婆子把那些盖了印的纸从窗上揭下来,交给口里的商人,商人们在上边写上字,就拿着进山,说有将军的令……就这样,大青山靠近南坡的树木就是这么叫砍光的……"

外甥:"那,将军后来知道这事不?"

舅舅:"那么大个将军,朝廷一品大官,到死还不知道是咋死的,活活做了冤鬼了么!"

兰兰抬着头感叹："这么大的将军，就这么做了冤大头！"

舅舅突然"啪"地拍了下大腿说："啊呀，可不能再闲谝啦！咱是个做甚的，这咋倒有工夫叨起古来啦，快，麻利站起，咱还得寻人呢！"

兰兰望着这山连山沟套沟的大山，就又犯起愁来："二舅，这么大的个大青山，咱又不知道石柱他确切在哪儿，咱可咋寻呀？这不好比大海捞针吗？"

舅舅哈哈一笑："鬼门关咱都闯过来了，如今还怕甚，咋寻？鼻子底下长着个嘴，咱问嘛！"

舅舅外甥又上路了，还是舅舅赶驴外甥骑驴。

可是，这一回舅舅真是把事情想得太容易啦！山里本来人烟稀少，好容易碰见个人，一问，人家不是摇头就是一句"不晓得"。整整在山里瞎跑了一天，到天黑，还是甚也不知道。第一天，好容易在一户山民家借了一宿，第二天早早上路，一天下来，还是没结果。舅舅外甥像没头的苍蝇一样儿在山里乱转了三天下来，还是两眼一抹黑。

直到第四天，连舅舅也终于撑不住了，就对又碰见的一个山民发火了："咋么你们这些山里人，个个连个囫囵的人话也不会说，这咋问一个不是摇头摆手，就是三个字：不晓得！多连一个字也问死问活问不出来，听说这世上有赊金赊银的，莫非这还有赊话的？！这真是日下他妈妈的那个怪啦！"

舅舅骂出了一肚子鸟气，可也骂出了事。

那个农民没有说甚，悄悄儿就走了。舅舅外甥再上路还没走出一里，"忽啦"一声从路两旁的树林里、石头后跳出七八个人来，二话没说就把舅舅外甥两个用绳捆住，眼也用黑布蒙了，嘴也给堵了。

一群人押着舅舅外甥到了一个窝在大石崖下的小村村里。

为首的一个汉子拉过两个后生来，在他们耳根上说了些甚，就和另外几个回家去了。

这舅舅外甥倒好,就这么叫两个青头后生推着搡着在村前头的破庙那儿的一道滩上围磨子一般正转三圈儿倒转三圈儿一直转到太阳下山,才被牵回村里关进一座漆黑的磨房。

在离磨房不远处的一个农家小院子里,纸糊的三十六眼方格窗正亮着一小片牛粪黄。屋内憋满了一家旱烟味儿。

甲说:看看那女的穿的衣裳,再看看这一袋子的白面烙饼,我就觉着他们不是好人。再说,如今鬼子封了大青山通向平川的十八道沟口,这些天来,有几个百姓能从平川进来?还骑着毛驴!

乙说:我都盯上他们两天啦,他们见人就打问八路军游击队在哪儿,那个男的一次还拿出白面烙饼给人,一定是为了套出话来。

丙说:前次咱八路军一个小队在狼窝沟叫鬼子的搜山队包了饺子,还不是事先有两个打扮成挖草药的探子告的密,那两个家伙不是还在咱这儿住过一黑夜么,一个还真的会给人看病呢,结果咋……

为首的大个子男人终于说话了:"这一段儿,咱八路军游击队实在是日子太难过了,鬼子搞球甚的个'治安强化运动',封山、搜山、清剿,外边的粮食物资全断了,几次又吃了汉奸和叛徒的亏,咱们是游击根据地的人,再也不能大意啦,但凡是从外边来的人,不管是生人还是熟人,都不能轻易相信,除了要管住自个儿的嘴,还要监视敌人,有利的时候,就要消灭敌人,至于外边的这两个嘛,一会儿咱们先审一审,看看他们到底是闹球甚的!"

就在这时,一个负责蹓人的青头后生推门进来,将一个东西递了过来。

大家一看,是张二羊换的良民证。

青头后生说:"这是我从那个男的身上搜出来的。"

高个儿汉子一下子来了气:"这还审球下个甚!山前平川里

百姓的良民证，都在咱抗日政府的号召下，主动交了，这个人为甚还有这个东西！"

甲：那，这两个人一定是鬼子派进来的探子！

乙：那咱该怎么处置他们？

高个汉子低头想了一会儿，果断地说："后半夜趁天黑把狗日的们拉出去抹了！"说着，还用手在自个儿的脖子上比划了一下。

这天黑夜果然天上阴着，不见星月。

半夜时分，高个汉子领着几个人，手里提着两把磨得锋快的杀猪刀，向关人的磨房而去。

磨房门开了，人也拉了出来。

张二羊换看到事情不妙，就拼命反抗，无奈手叫反绑着，嘴叫破布头堵着，只能发出几声闷闷的叫声，立即换来了重重的几拳，狠狠的几脚。

人被强拉到一处小沟崖畔，两个人被摁倒在一块长条青石板上，杀人的刀子也举了起来，就在这时，忽听从崖下、山林突然响起了几声夜猫子的叫声。

高个儿男人紧忙收起刀，也学了几声猫叫。

崖下就有人上来。

高个儿男人去接人，吩咐："先把人押回磨房，一会儿，叫八路去收拾他们吧！"

屋里，八路游击队的方队长一下子站了起来："那快把人给带到这儿来。"

舅舅外甥就被提溜小鸡似的提到方队长的面前。

方队长端了油灯，仔细照着这两个人看了半天，就便将堵他们口的破布抽出。

舅舅外甥大口大口地喘气。

方队长："你们是做甚的？"

舅舅破口大骂:"问爷?爷还想问你们是做甚的!凭甚平白无故捉我们,又是绑手又是堵口,连踢带打,连杀人都要偷偷摸摸,凭这就知道你们就是一帮子土匪,连山外的鬼子汉奸都不如,鬼子汉奸杀人还给个痛快!"

方队长并不恼,倒笑了,说:"听说你们俩到处打听八路军在哪儿,那我告诉你,我们就是八路军大青山抗日游击队的。"

张二羊换半信半疑:"八路军我又不是没见过,你想哄我?实话告诉你吧,我的亲外甥女婿就是八路游击队的。"

方队长:"那,你外甥姓甚名谁?"

张二羊换头一扬:"咻,我几天啦,问不出你们一句实话,你们现在倒来反问我,球门也儿没!你就是割下我头来我也不说!"

无论方队长再咋问,张二羊换的主意早打得铁硬,不说就是不说!

至于兰兰,见舅舅这样儿,也更紧咬嘴唇,割了舌头也不说。

方队长又问了一会儿,还是有问声无答声。

大个子把那良民证递给了方队长,方队长看了,"哧"地笑了一下,说:"一会儿我就管保能叫你开口。"

方队长附在一个队员耳上说了句甚,那队员赶忙跑了出去,转了个眼花儿,就领着一个身强体壮面目英武的后生进来。

兰兰吸了口气,就喊出了声:"石柱——"

这一声,把每个在场的人都给喊愣了。

石柱没有回答兰兰,却愣怔地看着问张二羊换:"二舅,你们咋在这儿?!"

八

绳子先解开了,误会的疙瘩也随即解开了。

方队长咬着嘴唇吸了半天气，盯着那个叫刘骡的高个儿汉子说："看看，若不是我们来得及时，你们可算把事情做苦啦！"

张二羊换："那刀子也压在脖子上了么！"

方队长点了锅旱烟，吱吱地抽着，慢声慢语地说："咱们游击队近来是接二连三吃了几次亏，有的亏还吃大了。咱根据地的群众觉悟高，警惕性高，这肯定是好事儿，可也不能过了尺寸，把握不住尺寸就要犯错误，犯大错误，尤其不能随意地处决人！这俗话不是说，这韭菜割了还能再长起来，这人头割了可是再也长不起来啦！"

刘骡早就臊得抬不起头，话既说到这儿，也只好脸红脖粗地过来，给差点做了自己刀下之鬼的这舅舅外甥弯腰赔不是："这位老叔，这千错万错，都算在我一个人身上，还望老叔和这位……兄弟媳妇千万千万不要计较，这真真是应了那句古话，不打不相识，我看我当着方队长的面，还有大伙的面，给老叔和这位弟媳妇打个躬做个揖，咱这事情也就一风吹了哇，以后不管走到哪儿，咱就是一家人嘛！"

刘骡说罢，往后退了退，正要动做，就叫张二羊换伸手一把推开，怒气冲冲地说："你给我少寡哇！"

这话说得满屋子的人都"哗"地笑了。

第二天半前晌，大家才都休息起来，方队长刚洗完脸，张二羊换就找来了。他耐心地等方队长和别人说完话，就过来拉了方队长的手说："方队长，我能不能借一步和你说个话？"方队长笑笑，就和他走出院子，到了外边的一棵树下。

张二羊换这才将几天前日本鬼子杀了马兰滩村十四名抗属的事向方队长如此这般地全说了。

方队长听了，脸色由白变黑，又由黑变白，咬牙切齿地说："这笔血债，咱一定要让日本鬼子汉奸连本带利地给咱还上！"

张二羊换早说得鼻涕眼泪一齐下来了。他又很响地擤了一回鼻子，把两指头清鼻涕抹在了自个的布鞋底上。

方队长看着张二羊换："那老张，你……还有石柱媳妇这回上山来，肯定是有事哇？"

张二羊换："有事儿，咋能没事儿呢……噢，我先问问，咱们部队这回是就在这儿驻几天呢，还是立马又开拔呀？"

方队长说："咱是游击队嘛，游击游击，就是边游边打么，你问在这儿驻几天，这我也真的说不准，也许三天五天，也许今天黑夜就得走。"

张二羊换歪着脑袋怔怔了一会儿，又皱着眉思谋了一会儿，才说："方队长，我领上我外甥女进山来，情实是还有事儿呢，不过，这是我们的家事儿，一会儿，我就先去跟石柱去说，看商量成个甚呀！"

方队长笑笑："老张，你们送来的情报，确实很重要，我很快向上级首长汇报。那，咱就这样儿，你赶快去找石柱说你们的家事吧！"

张二羊换忙说："方队长，那你就先忙你的哇！"

张二羊换走了又趸了回来："方队长我先去找石柱，回头我还有事儿短不下再麻烦你呢！"

方队长："有事儿你只管寻我就是。"

舅舅就三步并两步地去先寻上外甥女，又去找外甥女婿。

和石柱在一个屋的人见张二羊换进来，都纷纷起身，给他们腾地方说话。张二羊换摆着手说："你们该做甚做甚，我们到外边去说！"

往外边走的路上，当舅舅的一直一句话也不说，一个人直橛橛地走在头里。

石柱看看媳妇，又急急地追赶着舅舅说："二舅，我觉得你们这次来，一定是有甚事情咧？！"

三人一直走到了村外边，叫一条湍急的溪流挡住了，才停了下来。

当舅舅的一屁股坐在了溪边的一块大石头上,眼睛向着远山看。

石柱碰了兰兰的手,问:"到究有甚事儿?"

兰兰:"急甚,二舅会给你说么!"

当舅舅的这才转过脸来,看着石柱突口说了一句:"你大你妈他们老俩口算是好活了!"

一句话把石柱说了个大睁眼。

当舅舅的摇头叹息了一回,才三言两语道明了原委,末了又感叹了一句:"死了,也再也不用受苦啦!"

石柱听了,真如雷电击顶,先是一阵抱头号哭,继后,又恨得咬破嘴唇,抡起拳头砸碎了面前的一块石头,又劈断了一棵枯树。

舅舅直等到外甥女婿稍微平静下来点儿后,才又说:"二舅这回领着兰兰,上山来寻你,就是为了你大咽气前托付下的这件事儿,你大咽气前原原本本就是那么给二舅说的,二舅也是那么应的。这俗话说:应给人人等着,应给神神等着呢。石柱你要是还是你大的个孝顺儿子,这两天,就和你媳妇儿抓紧把那事儿给咱办了,我还得赶紧回去,你二妗子一直在家担着心呢,再说,地里的庄稼也该锄了,有多少筐子烂事等着我呢!"

石柱听了,表情木木的,一言不发。

当舅舅的就从石头上又站了起来,说:"这人都是爹生娘养的,娘老了没了,遇给谁也一下子想不过来,石柱,叫兰兰在这儿陪你坐坐,你们小两口也好好说说话儿,二舅先到别处转一转!"

张二羊换背着手离开,忽然又回头说:"石柱,刚才二舅有句话没说对,这回我和你媳妇既然来也来了,多呆个三天五天也不碍事儿,你们也不用太着急,只要能把事给咱办好,二舅就不白来这一趟,二舅满意了,你大你妈在九泉之下,也就放心啦,这话再要是说得难听点儿,你当八路打鬼子,真真是把脑袋别在裤带上了,这万一……就是叫咱兰兰以后守寡,也有个守头啊,二舅这话丑是丑了点儿,可话丑理端着呢,就这!"

张二羊换一个人背着手沿着小溪溜达了一会儿,突然又想起了什么,收住步怔了会儿,就回头看了眼仍坐在大石头那儿的一对年轻人,自个儿急急地进村找到了方队长。

张二羊换笑着:"看看又来麻烦您来啦!"

方队长:"我不是说过,有话就向我说么。"

张二羊换看看左右,方队长示意两个战士躲开一会儿。张二羊换这才偷声换气地把自个儿带着外甥女兰兰上山的真正缘由和目的告诉给方队长。

方队长听了,先是直眨巴眼,后又嘿嘿嘿地笑个不住。接着,就满承满应说:"这事儿……没问题,应该的,狗日的日本鬼子想叫咱亡国灭种,咱就该给他来个针锋相对!"

一直在眼巴巴地盯着方队长脸的张二羊换听了,这才仰脸长长地对天吁了口气。

方队长又说:"老张,这事儿你做得对,太对啦!"

张二羊换呲着牙笑开了:"我虽然是个唾牛屁眼儿的瞎庄稼人,可我也晓得咱八路军的队伍不一样儿,有组织有纪律呢,这事儿虽然是家事儿,可石柱如今是八路,他就不能个儿想做甚就做甚,得你这个当队长的放话哩!"

方队长:"我一会儿就给石柱说,对了,他如今也出不了山,就找一户老乡家让他和媳妇住上几天……老张,你就放宽心歇着,这事儿我一定会安排好的!"

这一回张二羊换才算把心真正放到了肚子里,中午就和游击队的战士们一起吃饭,饭后,他就对连日来叫折腾得够呛的外甥女说:"兰兰,你就在屋里歇着,想躺就先躺上一后响,身子要紧呀,二舅看到这里的山上到处都有咱平川里见不到的药材,我去挖点,也好回去治你二妗子那腰腿疼!"

兰兰也要跟舅舅出来,当舅舅的咋也不让,硬是留下外甥女,问房东借了把铁锹箩筐,自个儿来到了南山。

山坡上的草药出乎他意料的多,他挖着挖着,不禁出声哼起了戏文《长坂坡》。

> 他四弟子龙常山将
> 盖世英雄冠九州
> 长坂坡救阿斗
> 杀得曹兵个个愁……

到太阳落下西山,张二羊换望着满山的落霞,再看看满满一筐的收获,心满意足地下山。

张二羊换走到村口,就觉有些不对,他一口气找到兰兰住宿的那一户人家,一推开门就见兰兰一个人头趴在柜顶上,赶忙问:"村里咋鸦冥静悄的,方队长他们哩?"

兰兰眼睛红红的,显然是刚刚哭过,说:"他们都走了。"

张二羊换愣怔了一下:"那石柱呢?"

兰兰:"也走啦!"

张二羊换大叫起来:"不能哇,兰兰你日哄二舅了哇?!"

兰兰嘴一抽,哭了起来。

张二羊换:"我响午还问过方队长,他亲口告诉我他们要在这儿住个三天五天的,这咋说走就走了?"

兰兰:"说是有紧急情况,人家也不告诉我是甚情况。方队长倒是让石柱留下,可石柱说甚也不干,说了说不住,拉个拉不住,就走了么!"

张二羊换:"真的?石柱真的就……就这么趴起来走啦,他就圆没说下个圆,方没说下个方?!"

兰兰:"石柱说,这年月,亡国奴够多的了,再生下个娃娃还不是个小亡国奴?"

张二羊换一下子圪蹴下去,双手拍着大腿,破口大骂:"忤逆,这个忤逆,这个不孝子!"

九

真真是捉到手的个雀儿,又忒儿地飞了。

"这还等甚?走了哇!"张二羊换一把拉起兰兰,就去追石柱。

路上,当舅舅的把个外甥女好一顿数落:"亏你也算个大活人?咱好容易捉住他,还能就这么再让他小子跑啦?!说起来,你还是个新过门的媳妇呢,真真是珍珠没眼儿——算宝也是个瞎宝!"

舅舅外甥踩着八路军游击队留下的脚踪,穿林跳涧,上坡下洼,一路紧追,终于在上灯时分在另一个山村子里追上了游击队。

与石柱一照面,当舅舅的就是一顿劈头盖脸地臭骂:"我说石柱你,你以为你如今是八路军了,二舅就不敢骂你啦?告你娃娃哇,你就是当了大官……就算当上司令,照样儿你还是我的外甥女婿,我老汉泼上命把你媳妇给你送上山来,为下个甚?还不是怕你杨家断了香火!你小子倒好,连我个招呼也不打,屁股一夹说走就走啦,你咋好意思来?!就算你不把我这个二舅放在眼里,那你大呢?你大的话,咽不下气留下的最后一句话你也不听啦?我们活人没面子,那死人的面子你也不给啦!这俗话说,不看僧面看佛面呢,你大如今是死啦,这人死了就是神,就是佛,你小子咋样儿?你大在看你着呢!"

当舅舅的连气也不换大骂一通给外甥女婿来了个下马威,谁知,这石柱也不是个省油的灯,站在那儿仰着头不冷不热不咸不淡地说:"这做甚也得看看个时候了哇,如今,这日本鬼子像只疯了的狗，扑咬得路断人行，咱再不发个狠心，把这些豺狼赶走，咱可就真真要亡国灭种了，这个时候，咱才生娃娃呀，合时宜吗？就算生下又是个甚？二舅你都这么大年纪啦，咋连这么个道理都解不下？！"

张二羊换一看自个儿一通发毛竟然没顶用，还叫这个黄毛小子反咬了一口，满腔怒火一下子就蹿到了头顶。他用手点住石柱："我说，你他妈的说的这算个人话么？这八路军队伍上到底是咋教育你来？日本鬼子杀了你大你妈，我泼上命把媳妇给你送到眼跟前，不就是不让你杨家断了种，不让日本鬼子可了意么？你以为我老汉这是闲得没事儿做啦，上山看风景呢，还是怕你小子红火不上呢，不就是叫你小子和媳妇睡上一觉么！这……这又不是把你小子往杀场上拉哩，告诉你娃，别以为你当八路是抗日，我老汉送外甥女上山，这也是抗日呢！"

几个在场的战士听了，止不住哄地一声笑了。

就在这时，只听门外有人大声说："笑甚呢！人家老张说得就是没错，这不是抗日又是甚么？！"

方队长推门进来，先在张二羊换肩上拍了一下，然后对石柱下命令道：杨石柱！

石柱赶忙站直，道：有！

方队长："杨石柱，我命令你从现在起，放下武器，就在这个村子里留下来，好好儿陪媳妇住几天，直到把咱革命的种子留下来，再归队！"

石柱："队长，这……"

方队长："没有这还是那的，现在就交出你的武器！"

石柱还要说甚，方队长就示意身边的两个战士，扑上来就下了石柱的枪弹。

方队长在走时又硬硬地留下一句话："甚时候完成任务，就甚时候归队，完不成任务，永远也不许归队！"

屋里只剩下石柱、兰兰，张二羊换三人。

张二羊换挨着炕塄畔自个儿坐了，掏出旱烟袋来装了一锅烟，擦了几下火镰将烟点上，美美地抽了几口，才回头看着像根木桩子一样杵在地角的石柱，很有些得意地说："你不是厉害么，这会儿这咋……气也不出啦？"

在房东家吃罢夜饭，方队长就和游击队又出发走了。临走前，方队长亲自做了安排，房东将自家的东小屋腾了出来给这小两口子住。张二羊换则被安排到隔壁院子里和一个光棍老汉住。

张二羊换亲自将兰兰和石柱送进屋里，伸手摸了摸土炕的冷热，吩咐说："不早啦，二舅今天跑得腿都快断了，我去睡呀，你们小两口子也早点睡吧！"

兰兰红着脸，有点慌张地起身说："二舅，这……"

张二羊换"嘿"了一声，说："你看你这娃娃，你是他媳妇，他是你男人，正儿八经的小两口嘛！这还有甚难为情的，快点上炕往下铺摊哇！"

当舅舅的赶快出了门，又回身亲手将双扇板门关好，很响地咳嗽了两声，离开。

张二羊换出了这家老乡院子，向着他借宿的东院子才走了几步，又停下了，咝咝地吸了口气，转着圈四下张望了一回，就走过去趴在这家老乡的墙根，探出个头，向那自个儿刚刚走出来的东小屋瞭望。

小屋这会儿静悄悄的，只有麻油灯的灯光，从方格木头窗户上透出了井口大一点点亮来。

张二羊换盯着那窗口的光看了一会儿，就有些犯困，他又不想离开，想一定是小两口在拉话呢。可这儿离窗户还有几步远，甚也听不见，他在墙外轻手轻脚地走了个来回，还是没有找到个更近前的地方，只好靠在墙上又抽起了旱烟。

一袋烟抽罢，那边的灯光还亮着，张二羊换心里就有些发急，自语:"还歪扭甚咧,有甚话,睡下不能说?!"

直到后来房东那儿的灯灭了,左邻右舍也都不见一点点灯火,就那小两口住的小屋的灯光还亮着,还是那么黄黄的。

张二羊换就再抽旱烟,直到烟都抽了三袋啦,这回真有点没耐心啦,就决定甚也不管啦,他要直走进去,吼喊着叫他们快快煸灯睡觉。可走到主人大门口,又有些犹豫:这……嘿……

张二羊换又怕人笑话了,这舅舅听外甥的房,不是个事儿呀!

张二羊换到头来还是没有勇气去叫门,就又踅回自个儿刚才站的墙下,骂道:这真是……皇上不急太监急呢!又抽了一袋烟,那边的灯还亮着,他的耐心这回真到头啦,弯腰从地上捡起一块小石头,他就要往门上砸啦。

就在这时,那边的灯光忽一下熄了。

张二羊换"哈呀"了一声,又忙用手掩了半边嘴,低声自语:"对……这不是个对来?!"

张二羊换又站了一会儿,觉得自个儿这回来的大事儿,总算就要办成了,自个儿突然也哈欠连连,就最后向那边瞭了一眼,转过身往东边那个光棍家去了。

还没走几步,突然鸦冥静悄的山林,像谁突然点了炮仗一样,乒乒啪啪地响起了枪声。其中,有一枪"吱"的一声,就从张二羊换耳边擦过。

随即,狗也叫了,鸡也跳了。杂沓的马蹄声,还有鬼子乌里哇啦的鬼叫声从村后的崖上边响了起来。

"坏醋了!"

张二羊换叫了一声,在地上陀螺似的转了个圈儿,撒腿就往石柱他们住的那边跑。

十

是驻在萨拉齐镇的鬼子渡边带着三百多日伪军进山搜山来了。

依照他们预先侦察得到的情报,他们十拿九稳地对八路军大青山游击队方队长带的这支小队来了个饿虎扑食。

饿虎又扑了空,却把一对鸳鸯惊散了。

石柱虽是叫方队长下令交了枪,可他们走时,还是给他留下两颗手榴弹。另外,他的一身土灰布的八路军军服也没来得及换,这要叫鬼子捉住了,可了不得!他从炕上跳起来的第一个念头就是:咋也不能连累着房东和乡亲们!

石柱拉起兰兰的手,乘黑乘乱从屋里跑出来,从院子里冲了出来。

八路军一二零师从日本鬼子攻占绥远的第二年派李井泉、姚喆在大青山开辟了抗日根据地。方队长他们在大青山里已经活动到第五个年头了。他们熟习大青山里的每道沟,每道山梁,每条溪流,每片林子。拿今天来说,游击队出发前,留下来的石柱早把自个儿住宿的这一户老乡家方圆左近的地形地势在心里弄了个揭底精明。就是为了防止万一鬼子来了,自己知道从哪里逃生。

老乡家靠西北是一条很深却不宽的山涧。现在,石柱拉了兰兰就准备从这条路上逃走。

日本鬼子今天来得也真是太快了,有几个鬼子已经发现了这一对。

石柱就跑就对兰兰安顿:"前边有条小沟,闭上眼跟我挣上命跳,死也不能让鬼子逮住!"

有三个鬼子端着枪冲了过来,子弹从石柱他们的头上飞过。

石涧就在前边,在朦胧的月光下,黑森森的,石柱口里喊:"闭上眼,一、二、跳!"

石柱一个飞跃,自己跃了过去,可兰兰却在石涧这边扑倒了。原来,是她那条大辫挂在了崖边的一棵树枝上了。

三个鬼子扑了过来,其中一个直戳戳地扑到崖底下去了。

一个鬼子站在涧边上向对面的黑影射击。

石柱从怀里掏出手榴弹来,可又怕伤了兰兰,连累老乡,只好无奈掉头向深山逃去。

南边有鬼子乌哩哇啦地叫喊,这边的一个鬼子过去了。

兰兰落在了留下的那个鬼子手里。

将近农历十五,月亮明亮得能看清人身上衣裳的颜色。

鬼子兵用闪着青光的枪刺指着兰兰的胸口。兰兰身子紧紧贴住刚才挂住她辫子的那棵小树的树干,一双眼睛惊惶地盯着面前的这个鬼子兵,她的胸脯像拉风箱般起落着。

鬼子兵终于发现落在他手里的这是一个少见的漂亮"花姑娘"。鬼子兵的嘴先呲开了,继而,手里的枪也放低了,接着他向四下里看看,索性连枪也丢在一边,伸着双手向兰兰扑了过来。

兰兰掉头就跑,哪里能跑掉,才几步就叫这个鬼子兵扑倒在地上。兰兰拼死挣扎,可哪里能敌过这如狼似虎的鬼子兵,鬼子兵终于就像骑马一般骑在了兰兰的身子上。

兰兰先是拼上命挣扎,她的双手在胸前乱舞,双脚在地上蹬哒下两道深壕,嘴里像只被套住的兔子吱哇乱叫。

鬼子兵早急得大喘上气啦!他抽下腰间的皮带捆了兰兰的双手,一把扯开兰兰的红布裤带,就往下拉裤子,兰兰雪白的小腹就暴露在月光下。

鬼子兵再次跨到兰兰的双腿上,一手拼命按着要往起坐的兰兰,一手扯开了自己的皮裤带。

啊呀,这真是火上房,贼上墙,娃娃走在井沿上,就在这时,当舅舅的张二羊换出现了。

张二羊换是听到兰兰的喊叫循声赶来的。他一眼就看见了那个日本鬼子兵骑在兰兰身上,正要往出掏自个儿那个裤裆里的灰东西。

张二羊换口里骂了一句:"狗日的,这才是驴槽里伸进来个马嘴!"

张二羊换弯倒腰想从地上捡个甚么,先捡起一块拳头大的小石头,觉得不冲手,丢开,又捡起一块比手片还大的呲着牙带着棱的青石片,二话不说扑了过去,照着那个日本鬼子的后脑勺用上吃奶的力砍了下去。

鬼子连哼都没来得及哼一声就身子一挺不再做乱啦!

张二羊换抬起有点罗圈儿的腿,狠狠地朝那僵在兰兰身上的鬼子身上蹬了一脚,鬼子像只粮食袋子,翻倒在一边,没了声息。

兰兰叫了声:二舅!

张二羊换冲到躺在地上的兰兰面前吼:"赶快往起来爬了哇!"

兰兰伤心地噎着气:"人家起不来嘛!"

当舅舅的再细看,"咦"了一声扭转头。

兰兰一边挣扎着,一边说:"二舅,快给人家把手解开嘛!"

张二羊换这才又扭回头来,双手胡乱往开解捆在兰兰手上的皮带。

皮带终于解开了,兰兰从地上爬起来,提上自个儿的裤子。边系裤带边说:"二舅,你咋赶得这么及时,今天再要迟上一会会儿,外甥可就算把这一辈子的世事交待了。"

当舅舅的这才盯着外甥气呼呼地说:"石柱这还算个甚球的男人,把自个儿的女人当块肉,扔给狼吃,自个儿夹着尾巴逃命啦?!"

兰兰:"不是……可不是这样儿,二舅你这么说,可是把石柱给冤枉死呀!人家本来是……"

又听见有鬼子向这边来……

张二羊换拉起兰兰的手，就向北边逃。

舅舅外甥二人没跑出多远，就正好好撞上另一帮敌人，二人就叫扑上来的几个鬼子逮了个正着。

十一

两具鬼子兵的尸体齐齐儿地摆在了山村小的不能再小的打谷场上。

渡边还是戴着他那雪白雪白的手套，腰上挂着日本指挥刀站在打谷场的边上，不过，这一回，他从马上下来了。

山村仅有的六七十口人，从昨天半夜惊起来，就被吆喝到这儿，张二羊换和兰兰这会儿也在人群中。

时候已经是早饭后，可谁也没有吃饭。

山前山后的云雾渐渐散去。

面前的情景，让张二羊换又想起了几天前发生在马兰滩村的那一幕，他不由得双腿抖颤，脊背发凉。

渡边依旧是乌哩哇啦先说了一堆东洋话，那个四眼翻译官就又点头哈腰，野鸭嗓子又对大伙叫唤上啦："太君说了，你们的，统统的良心坏了，竟然敢杀害大日本皇军。这是万万不行的，但渡边太君还是考虑建立王道乐土的伟大理想，打算给你们一个机会，千载难逢的机会。一、这两个皇军士兵，是谁杀害的？自己站出来承认也好，别人揭发出来也好，渡边太君保证绝不连累其余人；二、我们清清楚楚地知道了八路军游击队，昨天就在你们村，你们必须交待他们现在去了哪里，只要有人能提供他们的确切去向，渡边太君保证有赏，金钱的，多多的给！话说回来，你们要是知情不报，那就别怪渡边太君对你们无情！"

四眼翻译官说完了，大伙儿的嘴唇一个个抿得更紧了。

整个打谷场上鸦雀无声。

渡边一双鹰隼一般的眼睛在这一群人的脸上扫过来又扫过去，大伙儿的嘴唇比刚才抿得更紧了。

渡边的嘴角抽动了两下，腮帮子两边的咬肌抖动了两下，戴白手套的右手稍微往肩上头举了一下，"哗啦"一声，围在谷场周围的鬼子们个个刺刀上了枪，两挺歪把子机关枪就架在了两边的土塄上，枪口交叉着对准打谷场上的几十口百姓。

百姓们照旧默不作声，立在那儿，像一群庙里的泥塑。

张二羊换头上的汗水，却淋淋地下来了。

渡边终于失去了耐心，戴白手套的右手，已经悄悄儿地移到腰间的军刀那儿，将刀柄抓住了。

大家依旧默不作声。

张二羊换的心像要从肚子里跳出来了，他眼睛紧紧盯着渡边的那只握住刀柄的戴白手套的手，自个儿则是嘴张得像个窑门。

四眼翻译官："真的，你们谁也不说？！那你们可马上就后悔也来不及啦！"

大伙儿仍然没有一个人做声，像压根儿甚也没听见似的。

渡边戴白手套的手抖了一下，就开始往外抽刀。

当雪亮晃眼的刀抽到一半时，人群中突然有人吼了一声："慢——我说，我说！"

人们一下子骚动起来，无数双眼睛都在寻找这个刚才吼叫的人。

张二羊换分开众人，要往外边走。

兰兰伸手扯住张二羊换的后衣襟，压低声儿："二舅！"

张二羊换用力挣开兰兰拉他的手，从人群中挣扎出来，头也不回地向渡边面前而去。他的脚步像一个喝多了酒的人，跌跌撞撞。

在场的人，无论是这边的百姓，还是那边的日本人、伪军，都把目光投向张二羊换。

张二羊换在离渡边几步远的地方就站住了。

渡边示意张二羊换再往前。

张二羊换抹着满头满脸的汗水,磕磕巴巴地对四眼翻译官说:"不是我……是皇军……身上的杀气太重了,逼得我近不了身!"

四眼翻译叽哩哇啦对渡边说了一通,竟然一下子把这个杀人不眨眼的鬼子说笑了。

渡边那像两块石板一样的脸放松了,嘎嘎大笑几声,戴白手套的手"咔"地将已抽出一半的军刀推回了刀鞘。

张二羊换却吓得紧紧圪挤住了双眼。

四眼翻译官站过来,推了张二羊换一下,说:"太君说了,让你快快地说!"

张二羊换这才睁开眼,眨巴了几下,"啊呀"了一声,赶忙用两只手在自己的裤腰上、怀里掏着,摸着。最后,终于掏出来了,是那张良民证。

张二羊换双手捧着自己的良民证上去,递到了渡边的面前,嘴里嘀咕着:"我这……真是打架忘了拳啦,太君真是好眼力,我……我真真的是大大的良民。良民!不信,太君你睁大眼,仔细看看,好好儿看看!"

渡边接过良民证,只看了一眼脸就又变了,用生硬的中国话骂开:"你的,良民的不是,欺骗皇军的干活,死了死了的!"

张二羊换急了:"这……可是你们日本人发的,仔细看看,上边有你们的大印呢!"

那边,根据地的群众可被张二羊换这副奴才汉奸相给激怒了。有人低声骂开了:"汉奸,奴才!"还有人响亮地往地上唾。

兰兰也不知道二舅今天这突然是怎么啦,变成了这样儿!

四眼翻译官对张二羊换说话了:"太君说,良民证是真的,可你是山前平川的人,你欺骗太君!"

张二羊换眨巴眨巴眼,终于明白了,笑了:"是啊,我还没说呢,我……就是山前土默川的人,就是你们几天前去过的那个……马兰滩村的么。"

四眼翻译回头对渡边用日本话说了一通。渡边大怒,手又把军刀抽出半截来:"你的,良心大大地坏了,跑进山,给八路军报信的是?!"

张二羊换:"看太君您说哪儿啦,我……还有我外甥女……"

张二羊换说着回头向人群里指了指说:"我和我外甥女……叫兰兰,确实是山前平川里的,可我们绝对不是给八路报信的,我们都是良民,是来这儿走亲家的!千真万确是走亲家的!"

四眼翻译官给渡边翻了过去。

渡边几步走到张二羊换跟前:"告诉我……谁……是你的亲家的……再撒谎的,杀头的干活!"

张二羊换愣怔了一下,忙堆出一脸笑:"是我外甥女的大姨家嘛,他们就在那边站着,不信,我领你去看!"

张二羊换领着渡边,还有四眼翻译官向这边的人群走来。

这边的群众对张二羊换怒目相向。

张二羊换硬着头皮,先找到兰兰,说:"这就是我外甥女,和我一起从平川里来的。"然后,他又看着站在兰兰一边的房东老俩口,说:"这就是兰兰她姨、她姨夫,我的大姐,大姐夫!"

房东老两口一听张二羊换这么说,像躲鬼一样儿往开躲,房东老汉为了表示自己的恼怒,一口口水唾到张二羊换的脸上。

张二羊换赶忙用衣袖擦了擦脸,从人群里退出来,对渡边弯了两下腰,说:"太君,他们是怕你咧,甚也不敢说,我不怕你……呸,我……我也怕太君,我全说了,那……那两个人,确确实实是八路杀的,昨天夜里,我亲眼看见的!"

四眼翻译官:"你快说,八路在哪儿?渡边太君可有赏呢!"

张二羊换咽了口水,继续说:"太君刚才不是问,八路军游击队是不是来过这儿?来过!昨天下午,太阳快落儿时来的,吃喝了一泡,就走了,走时,还把一个病八路留下了,对,那……那两个皇军就是叫那个病八路杀的,那病八路看见皇军来了,往外跑,那两个皇军拦住了他,他就起了杀心,把一个给杀了,对,就是用石头砍的,砍后脑勺。"说着,比划了一下,接着指着谷场上的一群,说:"这事儿跟大伙儿球关系也没,我亲眼所见,我敢向着太阳爷爷保证!"

听到这儿,人群中一直疑惑着脸的兰兰,才长长地吐了口气。

四眼翻译又和渡边叽咕了半天,才对张二羊换说:"渡边太君说了,你算是个良民,可你说的这些对皇军用处不大,他今天决定不杀你,还有你那外甥女,也不杀,你现在就和你的外甥女走人,其余的,都是八路窝子里的刁民,一律格杀勿论!"

张二羊换一下子又怔在那儿了:"这……这……"

渡边戴白手套的手又要往外拔刀啦!

围在谷场周围的敌人又一阵推子弹上膛的哗啦声。

张二羊换急了:"太君,他们与八路游击队球关系也没有,八路游击队叫皇军追得丢了魂,还抢了他们的吃喝呢,人是那个生病的八路杀的,真的,我敢向天上的太阳爷爷保证!再说了,自古打江山,是为了将来坐江山,皇军要是真的把人都给杀完了,将来就算打下江山,人都杀完了又给谁当皇帝呀!"

杀人的恶魔哪里能听进张二羊换的话!"唰"的一声,一道白光闪过,渡边的指挥刀就从刀鞘里抽了出来,高高地举起。

张二羊换也举起双手,大声对渡边吼:"打狐子要皮了哇,你们进山,不就是要打八路军游击队吗?那好,你放了这些草民,我这就领你们去找八路,我从小放羊,放牲口,会打踪,是一道土默川里有名儿的打踪王呢,就是一只兔子吃了我的东西跑了,我也能把它给找到,八路军游击队昨天黑夜是从西走的,我领你们去,我拿性命担保,一定给你们把他们找到,这还不行?"

四眼翻译官把张二羊换的话赶忙向渡边翻译了。渡边的鹰眼转了几转,终于放下了手中的刀。

张二羊换领着日本鬼子们上路了。

刚走几步,狡猾的渡边又站住,命令人回去又把兰兰也拉来,又让四眼翻译官对张二羊换说:"太君说了,你要是找不到八路游击队,你和你外甥女肯定是一个也活不成!"

十二

张二羊换、兰兰在前,一大队鬼子、伪军紧跟在后,离开了山村的打谷场。

张二羊换认真地低头辨认着头天八路游击队离开时留在地上的脚踪及其他,并不时回头给四眼翻译官指点着看。

他们离开山村越来越远。

趁四眼翻译官退后和渡边说甚么时,兰兰压低声儿问:"二舅,你不会真的引上这帮牲口去找八路军吧?!"

张二羊换回头扫了一眼,忙转回头又往前走了好几步,才回答外甥说:"屁话!二舅就是再糊涂,也不至于连个人牲口也分不出来哇!"

兰兰紧赶了两步:"那你今天这是……"

张二羊换:"火烧眉毛,只能先顾眼前了,要不,今天那个村子会灭绝了呢!"

兰兰:"如今,他们是没事儿了,可咱们……咱舅舅外甥咋办呀?"

张二羊换咬咬嘴唇,吸了口气说:"前路是黑的,我要是早知道,那不是成神仙了嘛。"

兰兰不做声了。

张二羊换回头,看见四眼翻译官又追上来了,急急地对兰兰说了句:"二舅有办法,你就跟上二舅,甚也别怕!"

山路越走越险要。

张二羊换仍然走在最头里，只是这会儿，他已不像刚离开山村时那么殷勤地看路，向四眼翻译官解说。一双眼睛，却不住地看道路前后左右，不知他心里又在打甚么主意。

冷不丁，山坡上的灌木林里响起了一排子枪声，紧接着，又是一阵手榴弹的爆炸声。正在呈一字长蛇阵走在山路上的敌人一下子炸了窝，有的倒下，有的趴下，有的抱头往路边的石头、树木后跑。

四眼翻译官的小日本帽被打飞，他一闪身头扎进路边的一个石窝子里，屁股高高地撅起露在外边，好像那屁股不是他的。

只有渡边没有慌，他跳下马来，倚着马迅速抽刀指挥鬼子兵进行反击。

又有几颗手榴弹向鬼子群丢了过来，巨大的爆炸声激起冲天的烟尘。

刚才也扑倒在地上的兰兰突然觉得有一只手拽她。

当舅舅的大叫："快跑呀！"

兰兰叫舅舅从地上一把拽起照着左手边山坡上的一片桦树林扑了过去。

有两个正趴在大青石后胡乱射击的鬼子兵发现了，赶忙调过枪口，向他们射击。

子弹在舅舅外甥的头上、耳边飞，在他们脚下、身前、身后打得冒起土花，可是舅舅外甥还是毫发无损地进了树林。

张二羊换的手拽着兰兰绕着树跑。

张二羊换："兰兰不能直跑，要像蛇一样儿，曲里拐弯，鬼子的子弹不会拐弯。"

兰兰毕竟是个女流，跑着跑着就跑不动了，靠在一棵桦树上，一口一口地大喘气。

张二羊换也跑不动了，就靠在树上，边喘着气边开玩笑说："兰兰，你相信不，你跟着二舅就像唐僧跟着孙悟空，总能逢凶化吉呢！"

话音未落，张二羊换的嘴就像张开的窑门，合不上了，他透过树干，看到那两个日本鬼子挺着带刺刀的枪直向他们而来。

当舅舅的一把拉起外甥女的手再跑。

那俩鬼子也发现了他们，哇呜叫着，就开枪就追。

舅舅外甥在前边挣命跑啊，两个鬼子在后边玩命追啊！

跑啊跑，跌倒爬起，锻炼身体；追啊追，豺狼撵兔，志在必得。

突然，兰兰叫一块石头绊得向前马爬摔出，足足有一丈远。张二羊换扑过去就往起拽，兰兰向二舅告饶了："二舅……我就是死，也真的……再跑不动啦……"

当舅舅的大声说："不看是甚时候啦，还耍小姐脾气！"

兰兰："二舅，要跑你跑吧，我真的是……"

张二羊换向来路一看，那两个鬼子兵马上就要追上来。

张二羊换这回真急了，弯倒腰把兰兰往自己背上一背，拔腿就跑。

就在这时，忽听身后"轰"的一声巨响。

张二羊换听见也当没听见，背着兰兰还在跑，这会儿，他也忘了刚才教兰兰的蛇行，直着往前蹿。

也不知又跑了多远，张二羊换分明地听到后边好像有人呼喊。

张二羊换还是不敢停下来，后边的呼喊一回比一回高，终于听得分明了，是："二舅——"

张二羊换又往前跑了几步，后边的喊声紧紧跟了上来："二舅——别跑啦——"

张二羊换一下子收住了脚，慢慢地转过身来，啊呀，只见外甥女婿石柱气喘嘘嘘地跑了上来。

兰兰叫了声："石柱——"

张二羊换两只扶兰兰大腿的手一松，兰兰从背上滑下来了。

张二羊换甚话也没说，一屁股坐在了地上。

石柱在兰兰与二舅面前站住了，抬手抹着汗说："你们这是疯跑甚呀，我紧吼慢吼，也吼不住！"

兰兰："后边有鬼子呀！"

石柱哈哈大笑，晃晃手里剩下的一颗手榴弹，说："我一个铁疙蛋就送两个小鬼子回老家啦！"

三人地方也没挪一屁股坐下，躺下。

蓝天上有一堆棉絮一般的白云，有两只百灵欢叫着从天空飞过，留下一串好听的歌声。

还是石柱先折腰坐了起来。他看看仰面八叉躺在那儿的二舅和同样仰面八叉躺在那儿的兰兰，笑了笑说："方队长他们虽然伏击了鬼子，可他们那是凭着有利地形，趁鬼子猛不防，这回进山的鬼子多，武器不知比咱们游击队要好多少，方队长他们肯定打不了多久，这会儿不是甚又也听不见了，估计他们早撤进山里啦！趁他们还没走远，我得赶快去找他们，早早归队！"

张二羊换听到这儿就坐了起来，兰兰也手托地皮爬起来。

石柱又笑了笑，好像下命令似的说："你们是再也不能就这么在山里瞎跑瞎撞啦，你们现在就走，赶快下山，这里真的很危险，再碰上鬼子可不是闹着玩的！"

张二羊换盯着石柱的脸似笑非笑，不做声。

石柱恳切地说："二舅，我说的可句句是实，别人的话你不信，还不信外甥女婿我的话吗？"

张二羊换嘿嘿一笑，终于开口了："你的话，二舅信，都信，咋能不信呢，自家人肯定不会是烟洞里招手——把咱往黑路上领吧。石柱，你给我好好听着，二舅如今就给你把话应下，这山上，我早就不想呆啦，不过，二舅也一定要你应我一件事儿，就一件，那就是……你敢快，迟不如早早不如快，你如今就和你媳妇把事儿给咱办了，只要把事儿办了，你赶快去找你的队伍，我立马就领着兰兰下山,真的,你就算给二舅摆下个硬八盘席二舅也不吃球它啦!保证不会多留一刻刻!"

石柱听完这话,就不笑了,恼悻悻地直喘了半天粗气,才回敬当舅舅的说:"我看二舅你可真是老糊涂了哇,你就不睁大眼睛看看,这儿是甚地方?再手拍脑袋想一想,这又是甚时候,还说这种话,真是……"

张二羊换冷笑一声:"石柱,你算说对了,二舅能知道个甚呢?就知道吃饱了不饿嘛!"

石柱嘴角抽了抽,又拧回头向西南那边瞭了瞭,坚决地说:"真的,二舅,我实在没工夫跟你们再……我真的得走啦!"

张二羊换嘿地笑了声:"腿不在你自个儿身上长着么!"

石柱就从地上提起那颗手榴弹,拔腿就走。

张二羊换冲兰兰说:"看看!这就是你男人!好,石柱,你走,我们也不再呆着啦!你就放开大步走你的哇!"

石柱看看二舅,又看看兰兰,咬了咬嘴唇,咕噜噜咽下两口口水,一拧头,硬着脖子就真走了。

石柱上坡下洼,穿溪跳涧走了好半天,一回头,看见二舅拽着兰兰的手,不远不近地跟着。

石柱叹了口气,硬着心加快脚步急走,打算甩脱他们。

石柱又跑了半天,再回头,还看见那舅舅外甥在离他并不远的一块大石头上坐着。

当舅舅的冲外甥女婿扬着手大声吼:"石柱,你赶紧走呀,别停下呀,二舅丢不了,就算丢了,二舅还会踩踪呢!"

石柱这回只有站在那儿跺脚的分啦!他一下子转身喘着粗气脸憋成个醋壶跑了回来。

还没等石柱说出甚么,兰兰呼地一下从青石板上站了起来,冲着自己的男人响响亮亮地说出一句话来:"杨石柱,你究竟还是不是个人?!"

石柱的嘴张了张，可当他看到那边当舅舅的脸，还有兰兰那一双动气冒火的眼，他终于双手往胸前一抱，圪蹴下去了。

当舅舅的不再说话，兰兰不说话，石柱也不说话，连四周的空气也浆成了粥。

最后，石柱终于受不了了，慢慢儿抬起头看着舅舅问："二舅，就算我应了你依了你，这野天野地的，也不是一时半会儿就能办成的呀！"

当舅舅的听得哈哈大笑，抬起右手上下一指，朗声说："这咋就不能，有句话是咋说来的？对……说地做床天做被么！那今天你们小两口就不能也真的就来他一回？再说啦，这地是咱们的地，天是咱们的天，你们好好看看，天上有白云，地上有流水，还有那么多的鸟呀、花呀陪伴着你们，这还不比个小小洞房好吗？要二舅说呀，不是好，是强过十万八千里啦！"

兰兰的脸，就如山坡上正在盛开的山丹丹花儿，红得让人心疼。

当舅舅的又挥手一指说："那边那不是一片树林子吗？择个林子中的好地方，欢欢地把事办了，二舅早就跑累啦，就在这儿靠着树打上一个盹！"

石柱向那边的白桦林看了看，又牙疼似的吸气。

兰兰迈开步，直直走到丈夫面前，伸手从地上一把拽起丈夫，然后，向站在那边树下的舅舅看了看，大步向那边的白桦林里走去……

十三

目送着小两口手拉手一直走进了那片白桦林看不见了，张二羊换这个当舅舅的才长长吁了一口气，背靠着一棵桦树，溜坐下来。

张二羊换这会儿想到的竟是唐僧取经,是啊,这唐僧西天取经不是都经历了九九八十一难呢!

这会儿,张二羊换才有空儿把自从那天自个儿领着兰兰进山以来,他们经历的曲曲折折,惊惊险险从头至尾地回想了一遍。他不住地点头,自言自语道:"真真是好事多磨呀!情实,古人的话,没空的!"

这会儿,张二羊换觉着自个儿这些天来一直搁在心头的一块大石头才卸下了。他轻松地像一头从车上卸下来的驴,直想躺在地上也打上几个滚儿!

天上,夏日火盆样儿的太阳叫一大片乌云给遮住了。

地上,一股伴随着大青山里山花香味儿的清风吹了过来。

张二羊换几下解开蓝布小褂的扣子,扯开胸怀,让清风钻进来……真他娘的那个惬啊!

很快,张二羊换就感到了一阵从未有过的疲乏,他摇摇头,再次向那边静静的白桦林瞭了一回,就慢慢地合上眼,头歪着睡去。

是骤然而起的一阵枪声把张二羊换惊得从地上跳了起来。

张二羊换还没有明白过来,又发生了甚么事,就听到一声"轰"的爆炸声,他愣眉怔眼的,伸手在自个儿的大腿根处用力拧了一把,疼得自个儿"啊哟"了一声,他才知道这一切并不是做梦。

枪声、爆炸声就在那边的那片白桦林那儿。

张二羊换刚才为了舒服,将脚上的布鞋都脱下了,如今,他向白桦林那儿拔腿跑了几步,才又急掉头返回来找鞋。

待张二羊换穿上鞋准备往白桦林那边跑时,枪声又突然停熄了。接着,他就看到了日本鬼子,再接着,他就看到了石柱和兰兰,他们叫日本鬼子用刺刀逼着从那片白桦林里走了出来。

张二羊换伸着脖子愣怔怔地看着,完全忘了自个儿,还是石柱向这边飞快地瞥了一眼,他才一挫身蹲下去,就便钻进了白桦树后一丛浓密的灌木堆里。他双手拨开草木，一双眼睛继续盯着越来越近的石柱、兰兰和押着他们的日本鬼子。

石柱、兰兰他们在快到这棵白桦树下时，拐弯向北去了。日本鬼子紧随其后，一队一溜的。领头的就是那个戴白手套的老鬼子，那个四眼翻译官还是像一条忠实的狗，紧紧跟随在主子左右。

刚才，石柱过去时，半边脸上流着血。兰兰倒没看见明显受甚么伤。

张二羊换这会真恨自己为甚不是一只狼，要是的话，他就会猛扑出去，把那些个日本鬼子一个个生吞了！活咽了！

张二羊换实在还是个人，是个手无寸铁的百姓，他咬着牙，瞪着发红的眼睛，眼巴巴看着敌人押着亲人打自己眼前一个个过去，走远。

这个时候，张二羊换的耳朵边，突然响起了刚才，就在这棵白桦树下，外甥女婿石柱对自己说过的话：

——二舅，我说的话都句句是实，别人的话你不信，还不信外甥女婿我的话吗？

——我看二舅你可真是老糊涂了哇，你就不睁大眼睛看看，这儿是甚地方？再手拍脑袋想一想，这又是甚时候，还说这种话，真是……

——二舅，我实在没工夫跟你们再……我真的得走啦！

……

石柱那恼悻悻的脸，恳切的脸，犹豫的脸，直着脖子往前走的样子，双手抱着圪蹴在地上的样子……最要命的，是刚才半边脸上流着血向这边张望的样子……虽然离得远，没能看清石柱的眼神，可当舅舅的却分明觉着石柱那是在怨恨他，怨恨他这个顽固又糊涂的二舅……

张二羊换想到这儿，一下子举起两只拳头朝自个儿的头上砸了个风雨不漏，他边打自个儿边喃喃着："石柱，看来你是对的二舅是错了,全错了……都怨二舅呀!"

张二羊换从藏身的地方连爬带滚出来,在白桦树下的空地上跌倒爬起,又跌倒,用双拳擂着大地,绝望地嚎哭起来:"啊哈哈……都怨二舅我呀……都怨我……我真是白吃这大几十年的粮啦……"

日本鬼子已经在北边的那道大梁,远远瞭去,像一串屎蛋蛋。

张二羊换爬起来,鼻涕眼泪抹了一把又一把儿,他就又急马流星地去追鬼子。

张二羊换边追边在想,自个儿今天就是泼上这条老命,也一定要把石柱和兰兰从这帮鬼子手里救了出来。这么想时,他的精神又回到了自个儿身上,连脚步也麻利多了,可他马上又泄气啦:这么多鬼子,连八路军游击队的方队长他们百十号人,也拿不下他们,只好趁着机会打一下就跑,凭自个儿一个手无寸铁的百姓,凭甚还指望把石柱兰兰救出来?

张二羊换自个儿不住气地想:要不,自个儿现在赶快去找方队长他们吧,也许,他们会有好主意好办法救人,石柱刚才不是说过他要趁方队长他们还没走远以前去找他们归队么?好!就这么办!主意刚打定,张二羊换停在山坡上瞭瞭山连山,沟套沟,林深草密的大青山,还没走几步,又停下了。自个儿虽然会打踪,可这眼看太阳就要落下,天就要黑下来了……再说,就算等明天后天能找到方队长他们,恐怕早误了四月八。石柱要是不穿那身八路军服就好了,那也不行,刚才桦树林里的那一声爆炸,肯定就是石柱剩下的那棵手榴弹,对了,刚才鬼子撤时,不是有担架抬着两具尸体么?……石柱明明是八路,又打死了人家的人,那鬼子还会饶了他?不可能,也许,今天,就今天用不了多长时候,等日本鬼子到了一个地方,就会把石柱开腔破肚,掏心挖肝……总之,日本鬼子不是人,是甚事儿也做得出来的,至于兰兰,就算不杀,那就……连杀了都不如!

张二羊换真真儿是不敢再往下想了。

看天天也不蓝了，看地地也不厚了。

张二羊换这回真真儿是悔断了肠子，他真想跳起来把头往旁边的大石头上撞。

……

这晚，渡边下令他的部队不许进村，就选择了在山上宿营。

鬼子的营地上升起了几堆篝火。这是一个三面临涧的山顶，长满了树，只要一边守住，万夫莫开！

鬼子除了营地选得鬼精处，又在四处放了岗哨，万无一失。

石柱和兰兰被紧紧地用绳子绑在渡边帐篷外的大树干上。

鬼子在生火造饭。

这一天，恰好是农历的七月十五，鬼节。

本来，十五的月亮应该是又明又大的，可这天黄昏后，从东边九峰山后涌起了一大堆乌云，不多久，乌云就占据了整个晴空，还不住地响起了雷声，扯起了闪电……

山里的这个七月十五，黑洞洞的。

风也阴森阴森的。

渡边从帐篷里猫着腰走了出来，他的白手套在火光中白得刺眼。

四眼翻译官几步走到绑在树上的石柱和兰兰面前，阴森森干巴巴地笑上两声，又笑上两声。

石柱气得别过脸去，兰兰也扭着小脖子。

四眼翻译官终于又开始放屁啦！

四眼翻译官："渡边太君刚才说了，虽然你是八路军游击队，今天又亲手杀害了我们两个皇军，但渡边太君还是可以给你一条生路，当然渡边太君是有条件的，那就是你现在必须马上向皇军认罪，并立即交待清楚大青山八路游击队的一切情况，包括方支队的下落……并保证明天一定带领皇军去找到方支队，以上，是渡边太君对你的最后通牒,没有半点商量的余地!听清楚了没有?"

石柱冷笑着:"要是我不尿你们这一壶呢?"

四眼翻译官也笑着,看住石柱说:"我的话还没说完呢,你倒着急上了……以上决定,只给你一个小时考虑的时间,现在是……"

四眼翻译官抬起袖子看了看腕上的日本夜光表,说:"正好是晚上九点,你听好了,你只有一个小时时间,十点一到,你还不服,那你可就……"

石柱冷冷一笑:"十点一到又咋,脑袋掉了碗大个疤,老子二十年后又是一条好汉!"

四眼翻译官女人一样儿格格地笑了:"想死,怕没那么容易,十点一到,你不服,皇军今夜就有好戏看了,下午,你和那个女的不是正要在树林子里办好事儿吗?那么,渡边太君也想成人之美,就让你们俩在这儿……"

四眼翻译官用两只手比划了一个特别下流的动作……口里继续说:"就在这儿……性交!不懂吗?就是……"

石柱一口唾沫唾在了狗汉奸的脸上。

四眼翻译官并没有恼,自个儿掏出块手帕将脸揩了,说:"当然,渡边太君还会仁至义尽,先尽你干,你要是实在不愿意干,那你到时候就在这儿当看客,看戏吧……

四眼翻译官突然提高嗓门说:"到时候,你就看着吧,看这么多皇军干你的女人吧!

四眼翻译官说完,走过去在兰兰脸上摸了把,扭转屁股向帐篷那边去了。

这边,绑在树上的小两口互相看着,觉得有股寒气从脚底直冲头顶……

天越来越黑,有雷声,有闪电,雨却迟迟不来。

雨不来，风却起来了，东南风，一阵紧似一阵儿。

日本鬼子吃过夜饭，就都向绑着石柱和兰兰的空地聚来。

四眼翻译官再次看夜光表，指针马上就到了夜里十点。

渡边从帐篷里出来，嘴角挂着一丝狞笑在四眼翻译官的陪同下，向石柱、兰兰走来……

石柱低声地向兰兰说："只要一放开，咱就手拉手跳崖！"

鬼子过来了。

四眼翻译官走上前："考虑好了吧？"

石柱："都想好了，你们先把我们放开，我才说！"

四眼翻译官回头看着渡边说了几句日本话。

渡边点头。

两个日本鬼子兵上来解绳子……

就在这时，听到"呼呼呼，啪啪啪"一阵巨响，一大团血红的火舌从树顶上飞窜而过……

再看，从东南方的树林子上，一股大火挟着风席卷过来……

鬼子的宿营地一下子炸了窝。

狡猾的渡边本以为自己选择的这个三面环崖的营地万无一失，但他却没想到，这里是树林……一但失火，凶多吉少……

刚才为石柱和兰兰解绳子的鬼子兵跳起脚就跑。

兰兰和石柱用尽浑身力气，往开挣绑在身上的绳子，一时又弄不开。

混乱中，只见一个黑影冲过来，几把解开了绳索，拽起兰兰的手就跑："石柱、兰兰，快跟我来……"

石柱和兰兰跟着二舅一口气跑到了北边黑森森的悬崖边……

张二羊换在一棵树下用手摸捞了半天，将两根早已栓在树上的绳子亲自系在小两口腰上……

石柱和兰兰几乎异口同声地问："二舅，这火是你放的？我们下去，你咋办？"

还没等张二羊换回答,一群鬼子就向这边冲来……
张二羊换把石柱和兰兰一个一个推送下崖……
崖畔上,张二羊换唱起了晋剧戏文《借东风》:

> 曹孟德占天时兵多将广
> 领人马下江南扎在长江
> 孙仲谋乏决策难以抵挡
> 东吴的臣武将要战文官要降
> 鲁子敬到江夏虚实探望
> 搬请我诸葛亮过长江同心破曹共作商量
> 那庞士元献连环俱已停当
> 用火攻急坏了周郎
> 我料定甲子日东风必降
> 南屏山设坛台足踏魁罡
> 我这里持法剑把七星坛上
> 耳听风声起从东而降
> 趁此时返夏口再作主张……

大火冲天,歌声渐渺。
崖下,一对年轻人紧紧抱在一起……

第二部　平川

一

　　土默川烟村处处。

　　兰兰叫石柱用绳子从一面悬崖上吊下来，顺着一条窄窄的石缝向南，终于出了大青山。重又面对自个儿家乡的平川时，她觉得这平川简直就像用擀面杖擀过一样样儿，她也第一回明白了为甚人们都说这土默川是一块水土丰美的地方。

　　从山根到铁道，本来已是日本鬼子闹的甚么"无人区""隔离带"的，好好儿的庄稼地里长满了野草，人毛没一个，奇怪的是这天，连铁路线上鬼子平素里巡逻的人影儿也没见到一个。

　　兰兰竟然像从前走娘家一样儿，一个人悠悠荡荡，东张西望，就平平安安过了铁道线。

　　也许是在山里这几天经历的事情太激烈了，也许是因为自个儿太疲乏了，兰兰的脑子一直是木木的、闷闷的。就连小两口分别时石柱对她千叮咛万嘱咐，还有抱住她亲了的那一口，兰兰好像也甚感觉也没有。男人在山上瞭望她，她当然明知道可也连头也没回几下，直到她顺着那条石缝出来时才站住回头向山上瞭了一下，那时，石柱的身影已经小得快要看不见了，她觉得那个山坡石头间跳跃着的人，好像不是自个儿的男人也不是一个人，倒活像一只山羊。兰兰这么想时，还不由得"咻"地笑一下。

　　平川的七月，本来就是一年中最好的季节。放眼看吧，玉米正在结棒，高粱已经吐穗，糜子一天天拔高，谷子一夜夜成熟，西瓜早已开园，花果都是红脸。虽然自鬼子来了这几年，三天两头出来遭害，可大平原的风景还是不会改变。

　　兰兰顺着原野上的那些大大小小的道路，一路向南。在日落黄昏的时候。终于望见了自己的村庄——马兰滩。

兰兰突然收住了自个儿的脚步，浑身淌水的她，猛猛儿地打了个大冷战，脑子也好像一下子精明过来。她首先认出，如今自个儿正在走的这条路，就是几天前自个儿进山时走的那条路，继而，她就想起了二舅。那个前不久站在村里的打谷场上面对自己公公的嘱托满承满应的二舅，那个一路上为自个儿赶驴担惊受怕简直有点点儿可笑的二舅，那个领着自个儿在大青山里东奔西跑，着急上火的二舅，那个跟石柱斗气与日本鬼子耍心眼的二舅……那个把自个儿和石柱救了自己却和那些个敌人一起泼了命的二舅。

兰兰再也想不下去了。她再抬起头来走时，步子一下子迈不开了，好容易迈开步，又左脚绊右脚，右脚绊左脚，歪歪扭扭好容易挪蹭到他们村北头的那棵老榆树下时，是连再多一步也走不动了，两条腿像叫谁给一下子抽去了骨头，整个人像塌了的墙一下子堆在了地上。

兰兰举起双手，号啕大哭起来……

二

二妗子马氏。这个女人自打那天自个儿的男人张二羊换领着外甥女兰兰走了以后，好像她的魂儿也跟上丈夫走了。这些天来，她吃饭不香睡觉不稳，一日不知要有多少回要颠着小脚往村北口的那棵老榆树下跑。

不是有句话叫望穿秋水么，兰兰的二妗子却真真是望穿了青山。她甚至有几回回在恍惚中已经看到了自个儿的男人赶着小黑驴儿，驴背上驮着兰兰从高高的大青山上下来。小黑驴儿的铃铛叮叮的，兰兰的脸红红的，灰老汉张二羊换则还好像一路哼着甚么曲儿，一看见自个儿老婆，就失眉拉笑的、高声二叫地说："看看,灰老婆子,我们这不是平平安安都回来了么?我早就说你,你是该愁的不愁,硬要愁大青山没石头,我一点儿也没说差吧,这不,我们上山时是两个人,现在回来,你知道是几个人?我保管你那个榆木脑子是想不出来,那还是老汉告诉你吧,是三个,走时是俩,回来是仨,那一个么……就在咱兰兰的肚子里呢!哈哈哈哈……"

可幻影也好,梦想也罢,都是雨后天上的彩虹,当不成真的。

当二妗子在苍茫的暮色中看到坐在大榆树底下哭成个泪人人的外甥女兰兰时,第一个念头就是自个儿的男人出事了:一准准儿是出大事啦!

马氏本能的动作,先是看,在兰兰的身前身后,身左身右看,再就是吼:"兰兰,你二舅呢?小黑驴儿呢?你们不是一搭搭儿走的么……这咋……这会儿就看见你一个?!"

兰兰本来已弱下去的哭声,突然又一下子扯高了。她只看了二妗子一眼,就双目一闭,哭死过去了。

当妗子的这时,就算再傻,也一下子甚么都明白了,这回,马氏倒是没再吼,也没有号,而是像一只立在场面上的装满粮食的羊毛口袋,叫谁突然给推了一把,无声无息地向一边歪倒了。

这时,恰巧有村里的人从外边归来,于是,王二喊张三,张三喊刘四,大家伙七手八脚,大呼小叫,将大榆树底下的这两个活死人抬回了村。

三

张二羊换家房顶上的烟洞一天没冒烟。俗话说,男人是家中的天,那么现在,这户人家的天,塌了!

这会儿,外甥和妗子都在家的炕头上。不过,外甥在前炕,妗子在后炕。

兰兰盘腿坐着，双手无助地插在自个儿的腿间，哭了一鼻子又一鼻子。

妗子还在后炕的破羊毛毡上枕着个花枕头躺着，前些天张二羊换出门时恰好走亲家去了的一儿一女花花和果果紧紧地守在娘的身边。

花花是姐，十六岁，果果是弟弟，刚九岁。

炕塄畔，地脚下，甚至门里外，还有几个将这外甥妗子抬回来的人，亲戚朋友，左邻右舍……他们都在关心这不幸的一家人，当然。他们现在最最想知道的还是张二羊换领着兰兰进山后究竟发生了些甚么？张二羊换又是怎么死的？还有就是，兰兰这回上山，究竟给老杨家怀上种没有？

当兰兰哭一阵，说一阵，总算把二舅送她上山所经历的一切给二妗子、花花和果果，还有乡亲们讲叙清楚说道完了以后，在场的所有人都不再说话，有的还揩眉抹眼起来。

就在这悲痛的哭声中，马氏突然将盖在自个儿身上的被子一掀爬了起来。

马氏一坐起来，就是一通破口大骂，她先骂男人：说不让你走你硬要走就像叫鬼催着咧劝个劝不住拉个拉不住这下倒好送了你的老命还闹了个死不回家做了大青山的孤魂野鬼你就歇心了吧……后骂杨孝先：你个死鬼这辈子倒了八辈子的霉啦跟你这样儿的人结亲家我算甚么亲家你自个儿死了就死了硬还要拉上一个，莫非你个死鬼黄泉路上嫌孤哩那不是还有你那死鬼老伴儿么你还要多少人陪你你个倒了血霉的杨孝先我们老张家又不是欠下你啦你个死鬼死了也还要缺大德害人我赌你就是再转世一定转不成个人转一个一辈子受不够的牛一年活不到头的猪……再下来，马氏就骂到了外甥女兰兰头上来了：还有你个妨主货人家哪个闺女不是一过门就怀娃你倒好跟石柱结婚小半年还是空怀你妨主吃蛋夜夜里做甚来牛牛圪虫都省得的都会做的事儿你妨主货就不会小半年没有一百八十天哇没有一百二十天你妨主货就硬是没怀上那是因为甚是你妨主货碱地不抓苗还是石柱他空楼瞎忽摇你妨主货要是早早儿能怀上那你二舅还用送你上山去种儿子还用死的这么惨你个妨主货妨得花花果果没了父妨得我老婆子成了寡妇你不是扫帚星也肯定是个丧门神……

马氏这一顿大骂呀，骂完这个骂那个，那真是骂完活人骂死人，直骂得自个儿口喷白沫一口气上不来半句话卡了喉还差点儿把个面前的炕皮用手拍塌。

人们都叫骂得没了脾气，忘了吱声，都想索性就让她放开骂吧想骂甚骂甚也许骂不动了骂完了这个可怜的女人才能活过来。这事儿就算轮到谁头上谁也肯定是受不了，人总要学会将心比心！

谁知，马氏又骂开了日本鬼子汉奸最后是连八路军国民党都骂成一锅粥了。

她骂日本鬼子：死断种的日本鬼子你们住在哪里我们住在哪里本来就是十八辈子扯起来也扯不上个干系你狗日们的凭甚隔山探海地还要来欺负我们我们是动了你日本鬼子的祖坟还是日了你那亲妹子啦凭甚好好地要来我们这儿杀人放火造这大孽……

她骂伪军汉奸：日本鬼子那本来就是咱们的敌人可你们也是中国人为甚要跟上鬼子害人难道那日本鬼子是你干大还是你的甚么为甚你们好歹不分里外不分难道是你大做你时和进哈拉猪油啦才生下你们这些害疥圪泡……

她骂国民党军：政府为甚就不给老百姓做主你们吃的喝的穿的用的哪样儿不是我们老百姓供给你们的日本人没来时看你们那个样儿一个个人五人六耀武扬威的好像天是老大你是老二这日本人一来你们这咋倒一个个屎尿都往裤子里拉啦你们昔日欺负老百姓那威风呢！

她骂八路军游击队：八路不是打日本的那你们这又是跑哪里

啦要是都没指望了那我们老百姓还不是上吊都挽不及绳子啦还能指望谁呢……"

一直坐在前炕默不作声的兰兰突然抬头说了一句："二妗子你看你这人，骂归骂那也不该一裹连茬好歹不分连八路军也骂上哇！"

啊呀，就这一句话，可算是说下买卖啦！

马氏本来骂了这半天再也真是没个再骂上的啦，再说真的也骂累了骂乏了连声音也放低下来，开始还原成一个可怜的妇人相开始哭鼻抹眼了，可兰兰这一句话一下子又将她招撩起来了。她先是抬起右手啪地在炕皮上拍了一大巴掌又用手指着兰兰的鼻子眼睛破口骂开：这儿是我个人的家个人的炕头我想骂谁就骂谁你凭甚拔拦我，你别以为你是张二羊换的亲外甥你就牛屄啦实话给你妗主货说了哇张二羊换活着时认你是个外甥如今你把你二舅的命都让你送了我还认你个妗主货个甚是还怕你个妗主货把我们孤儿寡母一家害不死么……

这话说得可真还是任谁也受不了。兰兰吃惊地盯着自己的亲二妗子看了那么一会会儿，突然手一撑炕皮，跳下地就往外边跑。

在坐的有人喊："兰兰……"

有人起身追："兰兰，你二妗子这不是正在气头上么，说你几句骂你几句就是打你几下哇你还能计较么？！"

……

马氏却又高声二叫："她个妗主货有本事儿就叫她走再也不登我家的门才好呢！"

有人追着兰兰走了。

有人留下来继续劝解开导马寡妇和她的两个娃娃。

天就黑下来了。

好心的邻居将做好的饭给端了过来，端到马氏和两个可怜娃娃的面前，开导说："不说大人，还有这两个娃娃了哇，好歹得吃上几口才行呀！"

在兰兰那边，好心的人也在灯下劝导兰兰："兰兰，你看你这女子，说成个甚你二妗子那也是你二妗子，她今天想骂甚你就让她骂么！不是有句话叫骂人没好口，打架没好手么，她就算说得再难听点儿，那你也真不该计较，我们在一个村村住了多少年了，你二妗子除了嘴不好点儿，谁还能说下人家一点点不然，刀子嘴豆腐心么！你娃又是不知道，你二妗子平时待你怎样儿，不管咋哇，你先给咱吃上点饭，这死了的已然死了活着的总不能都跟上死哇，还要往下活了哇……"

夜深了。

担心兰兰在这个空荡荡的院子里不敢一个人睡，就有两个女人自动留下来准备陪兰兰睡。

突然，外边响起了一阵脚步声，双扇板门"哗啦"一声推开，兰兰的二妗子领着花花和果果进来了。

二妗子直走到炕沿下，冲坐在炕上的兰兰说："二妗子今天算是把你惹下了，如今二妗子来给你赔不是来了，兰兰，你看二妗子用不用给你下跪？"

兰兰望着二妗子，嘴突然扁了："二妗子，今天不是你左一个妨主货右一个丧门星说的么……"

兰兰把头杵在被垛上，伤心地哭了起来……

马氏口里又叫了一声："兰兰！"说着，双手先托住炕沿上了炕，腿脚四肢并用，爬到兰兰的面前，直起身张开双手一下子将外甥女紧紧抱在自个儿怀里，就哭就说："二妗子这张臭嘴这一辈子不知把多少人惹下啦可别人计较兰兰你也不能计较，掏良心说话呢二妗子看见你比我闺女花花还亲呢你详情哇二妗子能不管你叫你一个人回这刚刚死下人的院子里一个人住么再说呢你二舅如今管自己好活了不管咱们了，二妗子这口气暂眼明不是还在么我能不管你么再说了你二舅泼了命为了个甚还不是为了你肚子里这个娃一天这娃生不出来二妗子就不放心二妗子就不能不管你要不你二舅他不是白死了么……"

马氏的这一番话把站在炕塄边的儿子女儿说哭了，连两个陪夜的女人也哭了起来。

二妗子马氏："兰兰，你要是原谅了二妗子你就响响亮亮叫上我一声二妗子。"

兰兰终于叫了一声："二妗子！"

马氏响响亮亮地答应了一声，像赌咒发誓似的说："不管天塌下来，二妗子也要天天守着你，亲眼看见你把这个娃娃给咱生下来！"

四

马兰滩村家家都在传说着张二羊换为了一句死鬼杨孝先咽气时的嘱咐，带着兰兰上大青山寻找杨孝先那个当了八路的独生子杨石柱，给老杨家"留种"的故事。人们都在议论和感慨。

——这张二羊换平时看哇，咋也不像个能办出这么大的事儿来的人！就这全村里数哇，他还不算男人里面最胆小的人，就说那天哇，我就在他身边站着，日本鬼子还没杀人，我就闻见一股臊气，一看，张二羊换尿裤子了么！

——张二羊换这人平时胆是不大，可那也是一个最最好面子的人，杨孝先咋说和他也算是个散亲家，亲家张开了死人口，张二羊换那还不是面子上下不去了，只能满承满应，没想到，死要面子活受罪，这不，为了一张面子，连老命也搭上啦！

——我看这还不是个爱面子不爱面子的问题，说个实话，但凡为人上世，算个人，哪个大小不好点面子，可再爱面子，一般人也不会不顾死活，张二羊换那也是有家有口、有儿有女的人么！再说啦，这就算是应下了，可这事儿还可以慢慢办么，谁都知道，这会儿那大青山不好上么，鬼子又是封锁，又是隔离，这风头上，送一个抗属上山，十个人里头九个就不敢，唯独人家张二羊换敢，这就说明个甚？

——敢上山是一码，这关键是另一码！要是遇给一般人，把兰兰送上山，见到了石柱，那事情不就完了么，可张二羊换才算个顶顶较真的人呢，非要叫兰兰和石柱把事儿办了，他才肯罢休，他是咋要命的？这不就是为了个这儿！

——把兰兰送到石柱面前，别人就再也说不下他张二羊换个二二三三了么，可这个人，竟然跟日本鬼子干上啦！兰兰不是说她二舅不仅救他们小两口，放的那把大火把日本鬼子的军营都烧了吗！

——叫我说哇，这张二羊换就是一个英雄，不仅是咱马兰滩村的英雄，也是咱一道土默川的英雄，大英雄，我们平时小看人家，那是应了老古人留下的那句话：凡人眼里没英雄！

……

百人百口，真是说甚么的都有！

这里需要说明的是，已经经历过几年日本鬼子和伪军汉奸流氓欺负的土默川人民，都比战前要觉悟多了，就说张二羊换这件事，说法再多，但归笼起来无非是一句话：张二羊换真了不得，算个英雄！就是个抗日大英雄！另外，人们虽然走着坐着嘴上都由不得说张二羊换和兰兰上山这件事儿，可又像有谁给下过令似的，大家都在互相叮嘱，这事儿现在还不能传得太远，就是在村内，也是只传好人不能传靠不住的人，说甚么，兰兰也是抗属，马寡妇的男人放火烧鬼子，这要让鬼子汉奸们知道了，那还了得！

接下来，却有另外一个问题在大家伙头脑里冒了出来，那就是：兰兰这回上山到底怀没怀上娃？

这个问题可算把人们难住了。一来，兰兰自打山上归来山里的事情是没少说，说了一遍又一遍的，可是好像就是没说这个事儿。二来，就算兰兰和石柱小两口在山上办过那事儿，可这小两口，去年正月结婚后，少说也在一搭里睡过半年六个月的，半年六个月还没怀上，那这回上山，后边还有鬼子追撵着，即使刁空空睡上一回半回，这就能怀上娃么？这要是真的怀上了，那就再甚也不要说了，死人活人都会高兴，可这要是万一没怀上呢？不说杨孝先那死鬼哇，这张二羊换那不白白把命送啦！这不是把兰兰她二妗子马寡妇还有那一双小儿女给害苦啦！

这么一来，整个马兰滩村，每一个良善的人们的心，又都叫吊起来了似的。于是，就有人有事儿没事儿去找兰兰，不好直问，就转转弯弯试探着问，想从兰兰的口中哪怕是"套"出个答案来。可兰兰呢，说起上山以后别的来，一枝一叶都说得明明白白，只要问到怀娃这一节，她不是有意回避，就是闪闪烁烁，让人们仍然不明底里，云里雾里。

这事儿，看来还只能由一个人来问，当然就是兰兰她二妗子。

这天，外甥妗子二人在菜园摘豆角，再没有二下旁人的时候，马氏终于开口了："啊呀，这一阵这些事把二妗子闹的，整天红三黑四的，连一个顶顶重要的话也倒忘了问你啦！"

兰兰："二妗子，你想问我甚？就说了哇！"

马氏："还能有甚大不了的事呢，就是……就是，你二舅引你上山，你和你男人……石柱一定把那办了吧？"

兰兰一下子脸红了。

马氏："啊呀，兰兰你看你，这咋说哇你也不小啦，也是过了门的媳妇了么！这还动不动红甚脸哩，再说，你是石柱媳妇，石柱是你男人，两口子就应该一起睡觉，睡觉就要怀肚子生娃么！这有甚咧！"

兰兰："这……"

马氏："二妗子也是，别的事儿一遍一遍地问你多少回了，这咋就偏偏忘了问这一节呢？"

兰兰："这……我也真的不知道。"

马氏一听就急："看你说的这是甚话？天阴下雨你不知道，可这……你个儿的肚子里有了没有你还能不知道？"

兰兰："二妗子……人家真的……不知道么！"

马氏抬手就在外甥女的脑门上扇了一搭骂："给别人不说，给二妗子你还不说么！那我先问你，你在山上和那个石柱，到底把那事儿办了没办？办了，又办了几回？！快说！可别当二妗子是三岁的娃娃！"

兰兰叫二妗子逼得再没退路了，只得说实话了："这个……是这样儿，二妗子，开始，二舅叫我们办那事儿，先不是石柱他不干么，人家说，如今亡国奴还不够多么，再生一个还不是个小亡国奴，人家说甚也不办，爬起来就夹着屁股走了，二舅不依，我们就又追了差不多半天，才追上石柱他们的游击队，二舅可把石柱好一顿臭骂，石柱看那样子还不服呢，可二舅早跟他们八路军的方队长说好了，方队长就下了命令，就命令石柱留下来，那天夜里，我们已经煽灯睡了，石柱嘴上不愿意，那是他假呲呢，一下子就翻上人家身上来了，压得人连气也出不上来，正要……已经……不迟不早，偏偏这个时候，谁知，外面就又响枪了。传不死的日本鬼子就又追来了，这不是又没办成么！后来，就是二舅和我叫日本鬼子捉住，二舅捣鬼说他能带他们找八路游击队么，半路上，日本鬼子挨打时，我和我二舅不是跑了么，两个日本鬼子在后面追么，谁知偏巧又碰上了头天夜里跑了的石柱，石柱用一个铁圪蛋就是那手掷弹，就把那日本鬼子送回老家了么，这不，又留下我、石柱，还有我二舅三人了么？这回，我二舅说甚也不行，硬是逼石柱和我到一边的树林子里把事办了，我们没办法，就进了树林子，这一回石柱……可是还正在半途中，事儿还没完了，灰圪泡日本鬼子又追来了……我差点害得连裤子也没提起，就落在日本鬼子的手里了……后来，后来的事儿二妗子你都知道了么，二舅他救了我们,他自个儿与日本鬼子一同……这不就剩我和石柱了么,我们总共在山里呆了两天半,这两天半,我们别的事儿甚也没做……就办那事儿了,石柱说,再不把这事儿给办好,就真真对不起二舅啦……"

兰兰说到这儿,又泣不成声……

马氏也是眼泪鼻涕都下来了……

不知道过了多久,马氏又突然笑了,说:"兰兰,这就对了,二妗子今天这心就算落底了。从今往后,二妗子一家就是天天吞糠咽菜,也不会亏了你,也一定要让你吃好喝好睡好,一定给咱把这个娃娃给好好儿生下来!"

兰兰这回倒是真慌了:"二妗子,我真的好害怕呀……我跟石柱过门一起过了差不多半年,就是没怀上,这回往多了说,也不到三天,谁知到底能不能怀上呢?!这万一……"

马氏怔怔地看着兰兰,半晌,才说:"二妗子这脑子,就是么,二妗子也是女人,这不都生下儿生下女的人啦,我甚不知道,这女人怀胎,叫十月怀胎,那要等上两三个月后才知道,到底怀上没怀上,到时候,那才能看出来了呢,你这才从山上回来几天!"

五

接下来的事就是等。

好心的村里人在等,尤其是马寡妇这个当二妗子的,简直像是当娘的在等闺女的喜讯。不,那情形比等自己的亲闺女还要执紧。兰兰的娘家在黄河边上,为了躲避日本人,前年就举家迁往了河南边的伊克昭盟准格尔旗,那里现在还是大后方,兰兰的亲娘老子现在恐怕连自己家的这个女儿究竟是生是死都不知道呢!

日子一天天地过去了。

兰兰却好像就是以前的那个兰兰,没甚么变化。

马氏一天比一天着急起来,每天起来,她问兰兰的第一句话就是:"兰兰,你今天还是没有觉得跟以往有甚不一样儿吗?"

兰兰愣怔上一会儿:"没觉见甚么!"

随着时间过去了二十天,一个月,不仅马氏急了,连兰兰也真变化了,不过,这变化不是二妗子及大伙希求看见的那变化,是以前那个一向活活泼泼、喜眉笑眼的兰兰变成了现在一副忧心重重的兰兰。

村里的议论又起来了。

——别不是又空开花,连个毛胎胎都结不起来吧!

——我早就品验过,这庄稼人娶老婆,千万不能只看女人那一副胎面面,哪怕她长得赛过七仙女呢,也不如娶个身强体壮大屁股的。

——不是有这么句话么,娶老婆要娶那一搂油么?

——这有的女人是长得好看,可那是洋烟花花,中看不中用,要是光图好看,那还不如过年买上一张美女年画,贴在墙上你好好看,不好,看腻了明年再换!

——啊呀,兰兰这回要是真没怀上,不光杨孝先老汉在阴曹地府也放不下心,连张二羊换也真成了个冤鬼啦!

……

闲话传进马寡妇的耳朵里,马寡妇就又有骂的了:"放他娘的臭屁呢,这是怀娃娃怀人咧,又不是生豆芽子种韭菜呢。"

嘴上是这么说,可看得出来,马寡妇是心里急呢。这个当妗子的别看人粗壮高大,就是前面人们说的那种标准的一搂油,可是,她年轻那会儿还是个大戏迷,尤其对流传在土默川一带的地方小戏"打玩艺儿"二人台戏,更是着迷得要命咧,有一年为了上邻村看二人台,半夜回家时迷了路摔进了水沟里,恰巧是也去看戏的张二羊换救了她,两人才结下了这半世姻缘的。就说这一段吧,每天黑夜她就想那个灰老汉,想得睡不好个觉,睡不好,心上难活就一个人坐在孤灯下，就纳鞋底就在嘴上哼小曲儿：

> 长长的灯捻满登登的油
> 好好的夫妻熬不到个头……

不过，今天，她突然改调调了。

> 怀胎正月正
> 雪花落在奴的身
> 黄花漫水漂草
> 苗苗扎下一股根
>
> 二月里梅花落
> 有话对谁说
> 问一问外母娘
> 人怀人几个月生……

马寡妇唱到这儿，正好兰兰翻了个身，醒来了，在被窝里支起半个身子说："二妗子你唱得真好听呢！"

当妗子的就叫了："啊呀，我那傻外甥呀，人家这里是滚油烧心咧，你还以为是东吴招亲咧！"

兰兰眨着眼看着二妗子，真的没解开她这话是甚意思。

马寡妇看兰兰不明白，就摇了摇头说："看来，你还真是睡迷着呢，刚才，二妗子唱的甚？唱的是《害娃娃》么！"

兰兰这才"扑哧"一声笑了："《害娃娃》，云黄羊那个戏班子唱得最好！"

马寡妇："那……二妗子今天就再给你来上一段两段吧。"

马寡妇张开口又打住："啊呀，二妗子刚才是唱到哪一截截啦？对，唱到了二月，该是三月啦！"

  怀胎三月三
  害娃娃心中烦
  米饭这不想吃
  面饭解不了馋……

  马氏："对了，兰兰，你就没有觉见自个儿心烦，嘴馋么？"
  兰兰："甚也没觉见么，二妗子你能不能今天就不问这个，再往下唱上几声，也让人家宽宽心么！"
  马氏"嘿"地笑了："兰兰，不是说你心上不麻烦么？这咋又叫二妗子给你唱曲儿解心宽呢？好，好，二妗子就给你唱，一并把这十月给你都唱完。"

  怀胎四月八
  奴家害娃娃
  四月天的酸溜溜
  吃上几大把

  怀胎五月正
  奴家想母亲
  夜里睡下觉
  盼也盼不到个明

  怀胎六月六
  奴家想吃肉
  猪羊肉呀半膘膘
  又拿醋酱烹

怀胎七月七
奴家泪悲啼
头胎娃娃今年生
哥哥千万莫离身

怀胎八月八
奴家肚子上摸
小玩意呀真淘气
肚子里腿乱蹬

怀胎九月九
手托住炕沿走
走一走歇一歇
浑身酸溜溜

怀胎十月整
奴家肚子疼
拧一拧疼一疼
满炕直打滚……

　　兰兰听得发呆、发痴,二妗子唱完好一阵儿了,才突然又说:"二妗子,你咋不唱啦! 再往下唱了哇!"
　　马氏拿起手里的鞋底就在兰兰头上敲了一下。
　　兰兰:"人家叫你唱曲儿,二妗子咋又打人? 人家一句多余的话也没说么!"
　　马氏这才大笑了:"兰兰,这人人都说你精呢,我看你呀才傻呢,这《害娃娃》哪个戏班子唱,也就这么十圪节节么,人怀人十个月生,一个月一节节,十个月还不就十节节,二妗子早就给你唱完了么!"

兰兰:"那……就没有一个十一月或者十二月生的?"

马氏:"灰说哇,二妗子活这把年纪了,从来也没听说过这世上还有十一个月、十二个月生的人,不足月生的倒是有,可也不多。"

兰兰还是有点不大相信:"既有不足月生的,那就不能有超月子生的么?"

马氏断然地说:"超个一天两天的,也有,可超一月的,更不用说两个月啦,天底下也没有,骆驼马的那些哑牲口,才十二月生呢!"

灯花越结越大,兰兰又缩在被窝里了,睡着没睡着不知道,只有马氏的一双儿女,花花和果果姐弟俩在炕后边,睡得才香着呢。

马氏用针挑了挑灯花,又接着纳起她的鞋底来。

六

等待的日子总显得漫长。

兰兰从山上回来已经满一个月了,身子还是没有甚么反应。

日子熬过一天又一天,窗户纸白了又黑了。

好容易熬到快两个月时,这天中午,走在炕沿端起饭碗吃饭的兰兰,突然间呕了两声,丢下碗筷就捂着嘴往门外跑。

马寡妇停住了手中的筷子,脸就一瞬瞬笑成了一朵花。

当妗子的立刻下地,从粮房里寻出一筐积攒了多少天才攒下来的鸡蛋,风风火火地跑到村中央的杂货铺,换回了三把香,几张黄裱纸,一刻刻也没等,就揪着兰兰的胳膊,上了村东头的娘娘庙上。

妗子外甥二人跪在娘娘庙的观音菩萨像下，磕头如捣蒜。

马氏双手合十，嘴唇一扇一扇，她在祈祷，祈祷大慈大悲的观世音菩萨保佑外甥女兰兰能为老杨家平平安安生下一个又大又胖的小子来。

就自这天起，马氏好像变了一个人，她一下子从丈夫张二羊换的死中解脱了出来。兰兰也不再头疼似的拧眉蹙额，连花花果果也从丧父的悲痛中恢复过来。

这一户只有一个几岁的小男人三个女人的家户，又像久旱的田园遭逢了一场喜雨后变得活生起来。

马氏从这天开始，每天黑夜扇灯睡觉前，总要亲自摸一回兰兰的肚子。

马氏是过来人，自然甚也知道，她开始是给兰兰吃偏饭，家里虽然穷，但凡有一点点好吃的，她都先尽兰兰吃，连小儿子果果不懂事儿哭闹她也不管。其次，就是不管门里门外，凡着重的营生，她一略不让兰兰再沾手。

一向善良而寡言少语的花花主动承担起家里的主要粗活重活。

兰兰心里过意不去，可每回不等她伸出手，花花就抢在了她前头："姐，你不能，我来。"

至于那个小顽童果果，那就更有意思了，他看见娘每天睡前总是要摸一回兰兰的肚子，他也手痒得不行，小手也伸到兰兰的肚子上乱摸一气。

一次，是在白天，在地头，有不少人，果果不知为甚，突然滚到兰兰怀里又要摸肚子。兰兰害羞，一把打开了他的手，走开，这位小老弟竟然追在后边喊："兰姐，让我摸摸你肚肚里的小人人么！"

引起一片大笑。

兰兰这回总算是怀娃了。这不仅是对死了的杨孝先、张二羊换及老杨家的那些列祖列宗是个交待，对活着的人，马寡妇一家，马兰滩的一切好心人，以及凡是对日本鬼子仇恨的人们，都是一个叫人弹冠相庆的喜讯，大家都在感叹：这个娃怀得不寻常啊！

村里一些年轻人，特别是一些跟兰兰石柱她们平辈的人，再见了兰兰，总短不下要和她开些玩笑。

马寡妇家的紧舍邻居刘毛女就露着一嘴老玉米牙，嬉笑着问兰兰："兰兰，那大青山上的树林子里好了哇，又高哨又敞亮，不是有句话叫四大宽展：穿大鞋、放响屁、野滩屙屎场面睡！依我看，这四大宽展，也顶不上你们这个展脱？"

兰兰就红着脸说："看嫂子你这话说的，我们那还不是叫小日本鬼子给逼出来的么！"

刘毛女："看来，这日本鬼子除了杀人放火，也做一点点好事哩，这回要不是日本鬼子，兰兰你这肚子说不定还怀不上呢！"

兰兰："嫂子你……"

马寡妇早就听不入耳刘毛女的话了，扬起头就给刘毛女来了一句："这有些人，人家门也不用过，头不上脸不开，就在高粱地里红火上啦，害得人家娶她时，一娶连媳妇娃娃都娶回来了，这也不得谢那高粱地？！"

一句话，说得刘毛女差点跳起脚来，指着马氏大骂："马寡妇，你都几个老马驴的岁数啦，有儿有女的，嘴上就不能多积点德！"

马氏："我咋啦！我有儿有女咋啦！就兴自个儿嘴呲转笑话人，就不兴别人说一点你那光荣事儿？"

刘毛女自知打嘴仗自个儿绝不是这马寡妇的对手，就佯装着说了句："啊呀，是我家那个吼我了哇！"就赶快逃走。

兰兰觉得二婶子有些过分了，就说："二婶子，你不是常说骂人不揭短么！这刘毛女……好歹也算个低头不见抬头见的邻居了吧！"

马寡妇："别说她才是咱一个邻居，就是我亲妈这么嘴呲下就笑话人，我也不让她，二妗子这辈子最不待见的就是这号自个儿尿在裤子里还笑话别人头上出汗的人！"

又一日，村里一个叫段二仁的小年轻人来马寡妇家串门借东西，瞅着叫妊娠反应折磨得有些气色灰灰的兰兰说："石柱嫂，我这个小侄儿子要是生下了，我连名字也给他起好啦！"

兰兰："不是哇，那你给起了个甚？"

段二仁认真地说："真的，就叫杨青山，肯定再合适也没有啦！"

兰兰歪着头想了想，正要说甚么，当二妗子的就又把话头抢过去了："二仁，那你赶快回家，叫你大你妈给你改名字吧，甚二仁三仁的，就叫段瓜棚哇！"

段二仁："二婶子，这又是为甚呢？"

马氏："为甚？因为你是你大你妈在瓜棚里怀上你的么，不信，你现在就回家问去！"

段二仁才十八九，脸皮薄，经马寡妇这一说，弄了个大没趣，红头涨脸开门赶紧走了。

兰兰又看下不去了："二妗子，人家二仁还是个娃娃，又跟我和石柱是平辈人，不就开个玩笑么，再说，人家这话本来说的也是好意，娃将来生下来，真的就叫上个青山，也不是挺好听的吗？等娃将来长大了懂事了，一定要记住他是咋出生的，尤其是不能忘了我二舅，娃他的老舅舅，没有我二舅，真的就不会有他！"

经兰兰这么一说，马氏才有些后悔刚才冲段二仁那后生的话。

花花冒出了这么一句话："兰姐，你二妗子这明明是老牛护犊呢！"

七

日本鬼子在距马兰滩村不到十里的美岱桥修起了炮楼，扎下据点，又从萨拉齐镇调来了伪蒙古军的一个团驻守在美岱召城，平川里的蒙汉民众的日子一天比一天不好过了。

不过，自从一九三八年九十月间，李井泉、姚喆奉毛主席、朱总司令的命令，率领八路军一二〇师三五八旅七一五团和山西成成中学革命师生组成的战地游击队第四支队，共二千余人组成大青山支队挺进敌后，来到大青山，几年来，他们驰骋整个大青山区，千里之内变成了广阔的抗日游击战场。

两年以来，日本鬼子在土默川进行了数次的大扫荡，实行了惨无人道的"三光"政策，但平川里的蒙汉人民在血与火中，已觉醒起来。到一九四二年冬天，已经有了几支名声很大的民众抗日武装，最有名的是由美岱召河子村大户人家出身的王经雨领导的"萨县抗日游击队"，一直在配合山里的八路军，像旋风一样儿在平川南北东西坚持游击战，和鬼子汉奸打得你死我活。

兰兰这一段的变化也大，过去做闺女时，论眉面说呢，还是身材说了，都是这一道土默川里的一流人才，可村民们都觉得有点美中不足的是，她有点点儿瘦，从娘家娉到马兰滩这也有两年了，可由于一直没怀上肚，和做闺女时变化不大。这一段可就不一样了，自打那日从山上回来，日子就一天天青葱起来，连面颊肤色也不一样儿了，像刚刚经渠水灌过的青麦苗，又鲜活又水灵，虽然农家妇，浑身上下的衣裳加起来也不值几个钱，可粗衣布衫硬是遮不住她的美丽袭人。

有一天早晨，兰兰在地下对着一面小镜子梳洗打扮。

马氏在一边拿眼看着外甥女，突然冒出这么一句话来："兰兰，听二妗子的话，你从今往后少梳洗打扮最好，哪怕就是邋遢一些也没甚！"

兰兰依旧自个忙乱着，没太在意的样子。

马氏又说："还有，兰兰你今后也最好少在外边抛头露面，没有甚意欠不过去的，就干脆来他个大门不出二门不迈！"

兰兰笑着:"二妗子,那是为甚呢!我一个大活人,不要说里里外外还有营生做,就算针尖大的营生也不做一个,也不能天天就在家里坐着,坐不住么!"

马氏:"家里的营生有我和花花呢,再说这都快冬天啦,外边也没甚么营生啦,你要是实在闲不住,就在家帮着二妗子多做点针线不行?"

兰兰笑着:"做针线有甚不能的了,那也不能大门不出二门不迈的吧?"

马氏:"能不出去就不出去!"

兰兰:"那二妗子你也得给我说出个道理来了哇!"

马氏头一勾:"道理?一句话,你身上长唐僧肉着呢,出去怕引来鬼呢!"

……嘿!当二妗子的这句话,真还没说空。这天午后,兰兰一个人盘腿坐在窗下的炕头上做女工,秋后的太阳从外边透过白麻纸窗格照进来,暖洋洋的,叫人由不得瞌睡,有一只大苍蝇瞎了眼似的,嗡嗡叫着,一次一次地往窗纸上撞,兰兰放下手里的针线,握着拳向上伸了几回懒腰,又连着打了几个哈欠,就在这时,听到外边村道上,有人马走动的声音,还有天上的大雁叫。兰兰仄着耳朵听着,就听见了有人唱山曲儿:

大青山高来乌拉山低
马鞭子一绕回口里

不大大的小青马马多喂上二升料
三天的路程哥哥两天到……

兰兰知道,这时候,又到了那些走西口的晋陕汉子们南归回老家的时候了。这些晋陕汉子们每年春天随北来的大雁一起来,给这口外的蒙古人还有一些汉族地主大户人家揽工受苦，待秋后收割完，场光地净的这时候，大雁也排着行南归了，这些口里汉子们又要随大雁一起回他们南边口里的老家了，人们称这些跑口外的口里汉子为"雁行客"，兰兰觉得，这个说法再准确再好没有了。其实，这土默川里的汉人，要论老家也都在口里，当初也都是一些雁行客，只不过，他们比这些雁行客早些年头就走西口，民国以来，就慢慢在这土默川常住下来，和蒙古人合在一起，就这马兰滩村，就有好多户蒙古人家，只不过因为这平川里土地好，水好，这些蒙古人也不再放牧啦，也都变成庄稼人了。兰兰是出生在这土默川，可常听她大她妈说，他们的老家也在口里，他们是山西河曲人。连舅舅、二妗子他们也全是口里人。

兰兰坐在炕上胡思乱想了一会儿，就像屁股下有了针，咋也坐不住了，正好二妗子她们也不知道是上哪儿去了，没有人管她，兰兰就丢下手里的针线，下地穿了鞋拉门跑了出来。

外面真好！

这是秋末土默川少有的一个好日子。

高远的蓝天上有人字形的雁阵横过。平川场光地净。

一堆碎米烂糠娃娃们在井台那边玩，唱着奶声奶气的童谣：

雁——雁——
摆溜溜
红雀过后捅袖袖

兰兰站在大门对四下瞭哨了一回，就向那堆娃娃那边走去。

还未走到娃娃们跟前，就听村口北边，有两个人骑马一溜小跑过来。近了，才看清是两个当兵的，不是日本鬼子，好像是美岱召新来的甚么"防共"甚么师的人。兰兰住脚，本想转身回去了又来不及，那两个伪军就向她直奔过来，从她身边跑了过去。

兰兰急急地往家走了几步,只听身后又响起了马蹄,咦,那两个当兵的咋又踅回来了?

还没等兰兰反应过来,两匹马就绕着兰兰转了开来,兰兰被转在里头了。

其中一个留着浓黑胡子的汉子手扯缰绳,身子在马背上向后仰着,两只眼睛盯在兰兰的身上,脸上,马在绕着兰兰转,那汉子眼睛却一直盯着兰兰,像是有一根看不见的线牵着。

兰兰低着头,几次想跑开,都叫马堵住了。

兰兰急了,大喝了一声:"做甚?好狗还不挡道呢!"

马身上的汉子却哈哈大笑起来,高声二叫地吼道:"看这媳妇问的,做甚?不做甚么,看看你也不能?!"

兰兰:"看我做甚?"

汉子:"看你好看了哇,大哥走遍了土默川,还没见过比你更袭人的女人呢!"

兰兰火了:"回家看你妹子去!"

汉子又哈哈笑了:"大哥倒是有三个妹子呢,可惜呀,都没你漂亮,三个也捏不成你一个呀!"

兰兰终于瞅了个空子,一头钻出去,小跑着回了家。

这边,汉子还呆呆地坐在马身上。

另一个斜眼当兵的把马圈回来,哑巴着嘴说:"啧啧,吴营长,我看这女人可又是你碟子里的一道好菜?!"

黑胡子汉子还在呆望着兰兰跑回去的那个破旧的小院子。

斜眼在一边怂恿:"营长,您的眼睛里还能没水么,就叫我这个瞎人看,也……他妈的确确实实是一个盖满川呀!"

黑胡子汉子口里突然迸出了一句文来:"窈窕淑女,君子好逑!"

斜眼没解开,就捕风抓影,滴汤露水地说:"这身材……那还不窈窕么,至于营长您那个家具么,那还用说,不好咋能伺候那么多女人呢，您知道大家都咋眼红您呢？"

黑胡子汉子："嚼我甚球毛！"

斜眼："不是……是夸您呢……说……说你骑着大马挎着枪，村村都有岳母娘……哈哈！哪像兄弟我呢，可怜的，三十岁啦，岳母娘还不知道在谁的腿肚子里转精着呢！"

黑胡子汉子："球也闹不成，这世上两条腿的蛤蟆不好找，两条腿的女人，还不到处都是！"

斜眼："营长，要不，咱们进去打一尖？"

黑胡子汉子一下子就来气了："咱不是还要去南河畔上么，误了事儿，黑田还不把我活剐啦！"

两个人只好抖抖马缰，悻悻地离开，马儿走出好远，黑胡子汉子还在不住扭回头朝马兰滩看。

八

人人都喜欢娘老子尽量能把自个儿生得好看漂亮一些些儿，可这女人，长得若是太漂亮袭人了，也不一定就是甚么好事，尤其是在时下这兵荒马乱的世道。

就说兰兰吧，她撞上那个人，伪军营长吴有山，可真是娃娃拉在羊皮褥子上啦——擦洗不清啦！

那个人真是连一天都没多等，第二天从南河畔返回来时，就刮马一鞭，直奔马兰滩马寡妇家。

离门还有十几步就从马身上跳下来，缰绳向斜眼士兵一摔，来了个踢开门就上炕。

正好马寡妇、花花、果果和兰兰都在家，一家人正围在炕头清汤寡水喝稀粥。

吴有山上炕稳盘大坐，就手从自个儿的腰里掏出几块大洋，抬手"哗啦"一下抖在马寡妇的面前，说："我姓吴的不用看，也知道你们小门小户的，没甚好吃喝，赶紧拿这钱儿给咱出去，不论大小也得杀个牲口，我可是不沾荤腥不吃饭呀！"

马寡妇因为不知道头天兰兰出门碰上这个鬼的一节，只以为是当官的走路饿了，要来她家吃一顿，就赶忙笑着拿起大洋掂了掂又放下，笑着说："这银钱是好，可也不能见了就拿，还得看拿谁的呢，你们这些当兵的钱，我马寡妇可是借我一个胆也不敢拿的，既然这位大兄弟不见荤腥不下饭，我们家正好还有一只不下蛋的老母鸡呢，大小也算个牲口，我这就去杀！"

兰兰赶忙叫了声："二姈子——"

马氏没有理会兰兰，从灶台上寻了把菜刀，就出去了。

吴有山嬉皮笑脸地看着兰兰："你们家人情不懒呀！"

兰兰气得一下子扭过了头。

吴有山又笑上啦："哈呀，美人，看你妈多精的个人，你咋……就一点点儿也没像你妈？"

果果插嘴了："不对，那是我……还有我花姐姐的妈，兰姐叫我妈二姈子！"

吴有山："看，看，我一点儿也没说错吧，原来，你是这儿的外甥！"

果果气冲冲地："外甥又咋？！"

吴有山哈哈一笑："外甥是狗，吃饱了就往回走么，你连这也没听说过？"

兰兰："我看，你才像狗，怕连狗也不如呢！"

吴有山一点点也不起尘，笑着说："这么好的个人，咋……嘴却不咋的？"

就在这时，斜眼栓了马，背着枪从门上进来了，大惊小怪地说："啊呀，营长你人缘咋这么好，一进门人家就把鸡杀了。"

吴有山却伸手拉着果果："小后生，你刚才咋叫她来……兰甚么姐？"

果果:"她叫兰兰,是我兰姐么!"

吴有山这下就兰兰长兰兰短的叫上啦!

一会儿,又让斜眼士兵伺候他抽大烟,抽罢大烟,又要喝酒……这一番折腾呀,一直到太阳落山上灯时分,才醉汹汹地由斜眼扶着,上马,嘴里哼着酸曲儿,歪歪扭扭,硬是跌不下来,还回头扬着手吼:"二妗子,快不用送啦!路上路下还来呀!"

  水瓮沿上挂铜瓢
  你才是哥的那嫩油条……

马寡妇从门外回来,长长吐了气说:"啊呀呀,总算把个鬼给打发走啦!"

兰兰愤愤地说:"见过不要脸的,还真真没见过这样儿不要脸的!"

这吴有山真还说到做到,连三天也没过,又骑着马领着那个斜眼士兵来了。

正好在井边遇到挑水的花花,吴有山马上扯淡说:"啊呀,花花,你可是正在抽条条的时候,可不敢叫扁担压得长不高,你看你姐兰兰那身条……要不,快让姐夫替你担吧!"

这花花一来年纪小,二来平素又少言寡语,叫吴有山这么一说,早羞得脸成了块红布,本来挑得好好的一满担水,也因为脚步乱了,两只水桶前后左右晃荡起来,桶里的水泼洒下一路。

这话也正好叫几个村里的闲人听到了,真不知道他们会怎样传扬呢!

吴有山赶在花花前边到了家,一见到在院里的马寡妇,就亲热地叫着:"二妗子,我又来了,老刘,快把羊磙囵拿回家,让二妗子今天好好儿给咱炖上。"

马寡妇猛不防,也瞠目结舌了半天,才说:"你看你这个吴营长，这么大个人咋连个话也不会说啦，我们家四个人就一个男人，还是个猴娃娃，剩下我们寡妇女人家，再说，我们全家也都不吃羊肉，嫌膻腥臊气呢，你还是赶快再找地方去吧！"

吴有山才皮厚呢，哈哈一笑说："上次叫二妗子破费杀了个牲口，我吴有山这不是心上过意不去么，才专门送一只羊来，这俗话不是说，伸手不打笑脸人么！二妗子您这么大人，总不会和我们当晚辈的计较，来，老刘，今天咱这个锅是订定啦！"

马寡妇伸开双手拦下一回，也没拦住，吴有山就又踢开门上了炕。闹得马寡妇甚办法也没，好在这天吴有山没有要酒喝，猛猛吃了两大碗炖羊肉糜米饭后就和卫兵趴起来走了。

马寡妇看看兰兰，又看看花花和甚事儿也不懂的儿子果果，笑得比哭得还要难看："这……这咋遇上这么一匹鬼来？！这……这真要是从今打搅不离可咋呀？！"

九

煽灯睡觉时，兰兰已经脱下了一个袖子，停下突然对马氏说："二妗子，你相信不？不出两天，那个灰圪泡肯定还来！"

马氏看着兰兰："你咋知道？"

兰兰用白白的牙齿咬咬嘴唇，才向当妗子的把那天自个儿在家做针线做累了，没捉主意就上外头跑了一回，本来是散散心透透气的，没想不走时气撞上了吴有山这么个灰圪泡的事儿，从根到梢细说了一遍。

马氏听了，气得又是拍腿又是打炕的，骂："我说呢，这咋定猛就来了这么个灰人，原来……"

兰兰："我真的不该不听二妗子你的话，不过，这话再说回来，我也不能一年四季就坐在这炕上不见风也不见太阳吧，那样儿的话，我还不会坐成了个墓虎！"

马氏:"二妗子是咋说你来?"

兰兰:"咋说……人家忘了么!"

马氏:"我早就说过,兰兰你跟别人不一样儿,你身上长着唐僧肉呢,看看,二妗子这话说错了么?你要那天不出去,乖乖在家坐着,咱这哪会有这些烧心的烂事儿,哪会叫那匹鬼把咱一家打搅得好过不成?!"

果果还没睡着,就一骨碌从被窝里爬起来,过去就扯住兰兰的手:"兰姐,你身上的唐僧肉在哪儿长着了,让我看看,是不是谁吃上就会长生不老?!"

果果这句话,把一家人一下子都说笑了,不过,大家都是半声笑,实在是笑不下去么!

马氏皱起眉头愣了一会儿,说:"不行,明天我误下甚营生,也得出去打听打听,这个姓吴的到底是个甚人!是狐子,还是匹狼?"

不打听不知道,一打听吓一跳,原来,这个姓吴的,本来也是土生土养的本地人,且家就在东边不远,往多了说不超过二十里,家境不算富,也不能说穷,他大他妈就他这么个儿子,十四五时,就给他娶了一个很有些姿色的中户人家闺女,这闺女比他大三四岁,过门后不到两月,这女人就跟着一个给他家擀毡的手艺人跑了,一跑跑了个无影无踪。那时,这吴有山还小,不太懂事儿,可他很依恋这个风流女人,就骑了他家一头大灰驴儿,跑遍东西土默川,南北大青山找他的老婆,一直找了三年,都没找见个驴粪蛋子。本来,他大他妈还让他念过几年书的,可自出了这事儿,这小子书不念了不说,好像连日子也不想过了,一天,他骑着大灰叫驴走路不看道,撞进了国民党鄂友山的部队里,索性就当兵吃粮了。日本人占领包头后,这鄂友山名义上是抗日的,归了后套的傅作义指挥,可实际上,在暗地里和日本人勾勾搭搭,李支队开到大青山来以后,这鄂友山就公开与共产党八路军为敌,和李支队已经交过多次的火了。这吴有山就在鄂友山手下当兵，这时已升到营长。这鄂友三在这大青山里外，土默川东西一带名声很臭，除了他的认贼作父，假抗日真反共以外，最最主要的还有一点，就是他爱女人，像一只饿了八辈子的驴，走到哪儿也要刁得吃一口。

土默川人都知道这么一首顺口溜：

灰人碰见鄂友三
又有吃来又有穿
女人碰见鄂友三
二尺麻绳脖颈栓

这吴有山，本来因为老婆跟人跑了，对女人产生了一种玩弄小看的心理，自当兵后又遇到这么一个上司，于是便跟灰人学灰人，跟上神官跳大神，鄂友三的别的本事儿他不知学会没学会，反正这找女人祸害女人的事儿是学得一点不差，甚至还要青出于蓝呢。是故，当知道这两个灰鬼的人说起他们来，一句话：耗子挨住斑苍苍睡，一对对灰脊背！后来，发生了不愉快的事儿，吴有山好几个看下的女人，到也到手的女人，都叫鄂友三给霸去了，这是没办法的事，吴有山也知道自己的官没人家鄂友三大么，也就只好眼看着到口的肉叫别人抢走了，自己落个咽口水的分儿！又一次，吴有山又瞅摸下一个青头大闺女，他甚至还动了再娶老婆的心，亲自回家让父母托媒人去提了一回亲，可还没等他听到对方的准信儿，这闺女又叫那老毛驴鄂友三给糟蹋了，吴有山气不过一次在战场上想打黑枪灭绝了这个老毛驴，却叫鄂友三给躲过了，吴有山差点儿做了人家枪下的鬼，赤脚连夜跑了近百里，家又不敢回，只好到萨拉齐镇投靠了一支伪蒙古军给日本人当了走狗。不过，老百姓才不太想弄清这些灰鬼王八蛋们之间的恩仇，就简单地说，这吴有山叛鄂友三是：一个槽头栓不了两头叫驴，为甚呢？踢咬得不行哇！

闹清了吴有山的来龙去脉，马寡妇、兰兰，还有花花，都害怕了。

果果拿起一根高粱杆在手中挥舞转动，说："兰姐，别害怕，要是妖精真的来了，我就给你当孙悟空！"

这句话一下子就又勾起了兰兰对死去二舅的回忆，她想起了二舅送她上山找石柱时，二舅也是这么说：兰兰，别怕，我就是你的孙悟空！

兰兰的泪水，一下子就汪满了她那一双美丽的大眼睛，又顺着鼻凹流了下来……

马氏彻夜在炕头翻着烙饼，窗户纸白了，还没睡着。

前炕，兰兰也在叹气。

马氏："兰兰，要不，你最近找个地方，出去躲上一阵阵哇，咱惹不起还躲不起么！"

兰兰还没说话，马氏就又自个儿把才说的话推翻了："啊呀，不成，二妗子这真是瞎说呢，你大你妈他们这会儿都到了河那边，听说两面隔着黄河，枪炮打得谁也近不了谁，你娘家没音讯也二三年啦，再说，就你现在这身子……有四个多月了呢，哪能让你再一个人出门呢！"

兰兰："要不，我天一明就原搬回我们家那边去吧！你就说我本来是来串舅家的，早走啦！"

马氏想了半天："怕也不行吧，你公公婆婆死了，那个院子又这么长时没人住，连个人气气也没啦，你一个女人过去，一来黑夜怕不敢住，二来跟前没个人二妗子这边能放心？再者说啦，这要是传出去，村里人还不说我闲话，说我马寡妇连自个家的亲外甥女也容不下，那可叫二妗子以后还咋做人呀！果果大了还要找对象呢，二妗子要个好名声呢！"

兰兰怔怔了一会儿，索性坐了起来，说："二妗子，我敢把话说死，那个姓吴的灰圪泡一定准还来，再来，我看他那蹄蹄爪爪就都露出来呀！狐狸再装，也成不了羊！二妗子你若不信，就看着！"

马氏："嘿，这……二妗子又不傻，再咋说这吃的盐也比你多，经见的世事也比你多哇，这姓吴的就是主意打在你身上啦，这我从他看你那眼神里也早看出来啦，就是还不知道他多会儿下手呀么！"

兰兰突然愤愤起来："这日本鬼子欺负咱，那是因为日本人跟咱中国人本来就是皮骨两离的，甚关系也没么！可这姓吴的，他不是中国人么，不就是咱本乡本土的人么，他凭甚也要认贼作父，跟上那些日本鬼子欺负自己人呢！"

马氏一下子真还回答不了兰兰提出的这个问题，想了半天，也爬起来，说："同坐一个朝廷里的大官，还分忠奸好歹呢，这姓吴的大概也就像大戏里的那些奸臣小丑吧，总之，一娘还生九种呢！"

外边的公鸡，已经开始叫三遍了。

妗子外甥二人就都起来，冬天里，没甚营生可做，二人就往炉口里添了些柴草，往暖烧家。

马氏对坐在灶口边上发呆的兰兰说："兰兰，你看看，咱这一家家，黑夜躺下，不用数，挨着枕头摸，咋也有四颗脑袋呢，可这真要遇上个事儿，硬是连一个给咱出主意壮胆的人也没有！"

兰兰没做声，可她的脑子里又闪出了二舅的面容，闪出了夏天里二舅带她上山从头到尾遇到的那一个个凶险，那时，她也真是怕过，可好像还没有今天这么麻烦，要说，跟二舅遇上的哪个关口也比今天她们遇到的事儿要凶险多了，那都是要命的事儿啊！

兰兰不由得叹道："要是我二舅他……他还在的话，就好啦！"

马寡妇现在也是真真地想男人啦！她的老泪早下来了，有些哽咽地说："都说，你二舅这个家，是我当着呢，这才是瞎说呢，女人当家驴耕地，发了财也是球腥气，二妗子今天就给你实话实说吧，这个家实际上还是你二舅当着呢，别看他平时胆小怕事儿，可一旦遇上点儿点儿大事儿要紧的事儿，他那心里的道道呀，可比二妗子不知要多上多少呢！"

兰兰忽又动情地说："二妗子，你看你和我二舅摊上我这么个不省事儿的外甥倒霉不倒霉？就算舅舅外甥天造就的，可你们前世也没欠下我的甚么！更没欠下他们杨家甚么！……若不是肚里这个娃娃，我兰兰真的……真的死的心思都有了呢！这总不能害得二舅送了命，再把二妗子你，还有花花果果都搭上吧！"

马氏赶忙截住兰兰的话，口气肯定地说："快别这么说傻话啦，你二舅不在了，二妗子还在，只要二妗子这三寸气在，就不能眼看着你叫灰人遭害，二妗子一定还要看你把娃娃给咱平平安安生下来，至于这个姓吴的灰圪泡，不怕，二妗子总会想办法的，天无绝人之路，我就不信，咱就真的一个办法也想不出来了么！"

十

土默川这年冬天的第一场雪落下来了。

雪是后半夜在人们都睡稳了以后开始下的，说大也并不算大，可等到早晨人们醒来时，觉得窗户纸上映进来的天光比往常要亮一些，还以为自个儿是贪睡迟起了，待到拉开门栓"哗啦"一声打开门时都差不多往后倒了半步，赶忙往紧披衣襟，一股清凛的冷气从外面直扑进来……

兰兰这天就起了个大早，看到满院子、墙头上洁白的雪花就有点兴奋，其实，每年下第一场雨或第一场雪时，她都有这种感觉。

兰兰出了门，有些不忍心地踩着铺了满院的寸把厚的白雪走出院子。

　　站在大门外放眼望,整个平川里都白茫茫的,天上的雪花,还在轻轻地飘着,不紧,也不大,整个马兰滩村都洁白一片。整个世界好像变得又干净、又安宁了起来。

　　兰兰静静地站了会儿,就趸回身拿起檐下的扁担,她想上井边挑一担水。

　　花花这时跑出来了,说:"你不怕骂我还怕呢!"

　　花花就夺过了兰兰手中的扁担,自个挑了木桶要走。

　　兰兰说:"花花,那我跟你去!"

　　姐妹二人踩着白雪来到村边的井台,兰兰先就格格地笑了。

　　花花有些吃惊,翻起眼看了一眼兰兰:"兰姐,这一大早的,你是笑甚咧?"

　　兰兰又笑了几声,才收住笑,说:"我想起诗来啦!"

　　花花没听懂:"甚?哪有屎?"

　　兰兰扑上去拧了一把花花说:"你这才是剃头洗屁股——大错一脊背呢,人家说的是诗,就是那些有文化的先生们……"兰兰谈到这,学着老夫子们的样子,又摇头又扭屁股地说:"就是那些肚子里有文化水的人们嘴里常念的诗。"

　　花花:"你又没文化,也能吟诗?"

　　兰兰:"那我要也会吟呢?"

　　花花:"我看你是老母猪会哼哼呢!"

　　兰兰:"哼,不信,我现在就吟一首给你看!"

　　兰兰说罢,就有点装腔作势地摆了摆架子,又咳了两声,开始吟诗:

　　　　天上下大雪
　　　　地上一囵统
　　　　井上黑窟窿

黑狗变白狗

　　白狗身上肿……

　　说罢，兰兰自个儿就放声笑了起来……

　　花花瞅着兰兰："兰姐，就你这也叫诗？"

　　兰兰："咋不叫诗，是一个叫张打油的人写的，就叫打油诗么！"

　　花花很不屑地拧转头，摇着辘轳开始打水，说："我还以为你多有学问呢，就这，我大……你二舅早就给我们讲过了。"

　　兰兰跑上来，没想到井台下有冰，上面盖了雪花，差点就把她马爬一跤摔倒，还是被花花眼疾手快，丢开辘轳把儿，把她给扶住了。

　　已经摇到一半的辘轳把一下子打倒转起来，从黑窟窿的井里，传上来一声水桶掉在井水里的响声……

　　花花急了："都是你，哪如当初我大不把你从枯井里摇上来呢，就让你一辈子呆在井底，变成个蛤蟆！"

　　清大早的井台边，这两个年轻的女子嬉笑打闹着……

　　整个一前晌，兰兰虽然就在家里，跟着二姈子、花花一起剪鞋底样儿，可她的心情是快乐的，这不，乐活地又唱起来：

　　红瓤瓤西瓜刀杀开

　　笑盈盈的亲亲两分开……

　　也许就应了那句古话了：乐极生悲。一家人吃罢晌午饭，刚刚收拾起钥箸碗盏，还没洗呢，院子外一声马嘶，那个枪崩货传不死的灰圪泡吴有山下雪天还不乖乖地在屋里盛着又来啦！

　　一进门带进一股呛人的烟酒臭味儿，把一个很大的酒壶往当炕一丢，说了句："有花折时直须折，莫待无花空折枝……哈哈……

哈哈……都喇嘛听和尚念经，听不懂了吧……这是诗，老古人说的，可不是我吴有山说的……甚球意思呢……就是这个……人活着个年轻，想红火……就乘早些些儿，不要等将来老球了……就像花开过了……才想红火呀……迟啦……都迟啦！"

屁股后边跟着进来的还是那个斜眼兵。

斜眼一进来站在当地跺着皮鞋上沾的雪就说："我们营长说啦……今天，他哪也就再不去啦，就在这呀！"

吴有山一看就喝过了不少的酒，盘腿坐在炕沿上说："不是有句话说，迟不如早，早不如快，快还不如现在么……这话老古人说得好，我看，我和兰兰的好事儿……就……就是今天啦！就今天！今天！"

马氏情急之中，给兰兰和花花偷得递了几回眼色，示意她们俩找个借口赶快躲开。不料，叫那斜眼给看见了，拿起大枪往门上一横，说："难得我们营长今天有兴头，不顾天下雪，来你们家，你们今天就都谁也别想给我耍甚么里格楞！不要说我们大营长不让，连我和我这杆枪也不会让，你们……最好都给我识相点，不要闹个谁也不好看！"

吴有山也拍着炕吼："我这人，不信你们可以背上二斗米，出去察咯，访咯，人敬我一尺，我敬人一丈，好歹也算读过几天孔夫子的书，懂礼着呢！"

吴有山真的就在炕头上自己喝开了酒，斜眼就像只忠实的狗怀里抱着枪，坐在灶台上，把着门。

终于，马寡妇又开口了："看这吴营长，我们家，你们又不是头一回来，就是头一回来哇，还短下你们吃啦，短下你们喝啦？"

吴有山："二妗子，就是么！"

马寡妇突然说："你们刚刚吃过饭，这会儿一定也不饿着，再吃，肚子里边也没个地方了么！叫兰兰给你们熬上酽酽的一壶茶，你们就先喝着，歇着，刚才这位兄弟不是说你们不走了么，那就在着,等黑了,再好好吃好好喝,我么,可得出去一趟,跟人家说下个事儿,不去不行,另外,吴营长你们来了,我老婆子咋也得去给你们备办点儿东西哇,没个好的还有个歹呢,就算凉水滚成开水,也算我这老婆儿的一片心意哇!"

马寡妇说着,向几个孩子扫视了一回,说:"吴营长不让你们出去,你们就不要乱跑么,坐下跟吴营长叨啦叨啦,人家是领兵的将军,可见过大阵势呢!"

马寡妇说罢就提了个篮子,要出去,斜眼却一下子把枪挡在了她面前。

马寡妇笑了:"我一个老婆子么,你们有甚么不放心的呢,莫非我还真丢下亲儿亲女亲外甥,一个人跑了呀?"

吴有山放话了:"老刘,让咱二妗子随便么!"

马寡妇就出了门,又忽然转回来,一只脚跨进门里,安顿:"兰兰,你好好儿和你妹子,伺候吴营长,二妗子用不了多大工夫就回来啦!"

等马寡妇一走,这两个灰人,那才真是好比猪儿子掉进泔水瓮——洼住啦!吴有山眼睛色迷迷地钉在兰兰身上了,连那个斜眼,也不怀好意地伸手在花花身上左捏一下,右摸一下。

再听吴有山那个吹吧,真是……你听,说到大青山后山一带的风:"哈呀,那风刮得呀,我吴有山打娘生下就没见过,后山的风,实在那个凶,刮得大树拔了根,刮得小树无影踪,刮得碌碡绕场转,刮得磨盘翻烧饼;一个小孩出门耍,一风抽在半天云;老汉撩起猫道朝外瞅,眉毛胡子拔得没一根……你们看,这风是厉害还是不厉害?"

再听他吹归化城吧:"啊呀,在咱这口外绥远地面,最最繁华的那首数归化城,咋这么说呢?这也是有讲的,这城是大明的时候蒙古大汗阿拉坦汗的三老婆,也就是如今咱美岱召里供的那个三娘子建造的,那真可以说是天下最红火的地界,光说这各等庙吧,咋说来?对……大召小召改改召,七十二个免名召,还有清真寺、望月楼、关帝庙、娘娘庙……有歌呢,达拉嘎骑马跑边城,满清人耍鸟又架鹰;山西佬城里开字号,回回们牵驼走大程……"

两个灰人吹得,这房子也亏得还有个屋顶呢,不然,早叫这两个灰人给吹上天啦!两个灰人笑得也翻了天。

这边,无论是兰兰、果果还是花花,都悄没声儿的。

斜眼:"你们咋都不笑……连笑也不会?"

兰兰:"我们不知道你们俩今天这是牛嚼蔓菁,喘甚圪蛋呢!"

吴有山说着说着就现出本相,扯到男女之事上来:"说哇,这有甚咧,盘古开天地,女娲造了男人、女人,就是为了个红火,不红火这人类那不是个断种,可偏偏这世上的人,遇到这事上,大小都要装?就拿大哥我来说吧,这可真真是我经历的事儿,一次,我到石拐那边,渴得不行,就走进一户人家讨口水喝,一开门,嘿,家里炕上腿盘得圆圆的就坐着一个油光水滑的红衣绿裤的小媳妇,对了,我忘了说了,那户人家正好是个独孤户,周围一不傍邻,二不挨路,我细瞅摸,这小媳妇长得哇,不能说有多好多好,可也绝不难看,喜眉笑眼的,是那种叫男人一见了就起火的!我问她要水喝,人家纹丝不动,我说,甚人情?人家绷着脸说,你自个儿手折啦,水瓮沿上不是挂着铜瓢呢。喝了水,我就有点迈不开步,不想走了么,我挪到炕愣畔,问:家里咋就你一个人?嘿,听人家咋说,那你是个甚东西?我就赶捷径把话说了,想和你红火一场,不知道能也不能?嘿,人家把个脸绷得……茬儿不搭,骂我:你把人家看成甚人啦!我一想,咱人不行,钱硬呀,我就掏了一块袁大头,丢在她腿边,嘿,人家仍是纹丝不动,说了个:俺才不是那号人,我呢,左家的女子嫁给了左家了,咋来就咋来吧,我就又丢了一块袁大头,这回,人家只瞅了我一眼,又说了一句,才丢不起那个人!我就丢下第三块,人家才冒出了一句:谁知道你是不是个痛快人?我一下子丢了两块……你们猜这回咋的？人家才左边往右边挪了下屁股，说了一句：出门瞭瞭人。我又丢三块，人家的脸都红光光的了，笑着瞅了我一眼，又瞅了瞅门，我一时不知道……人家就笑话开我了，说：省不得？这定猛要进来个人呢，把门顶住了哇。我最后一咬牙，又给摔出五块，嘿嘿，人家把手里正在纳的大底往炕里头一丢，拉过一根羊毛白条毡来往开铺……我连鞋也没脱办，跳上炕就上了狗日的身……哈呀……那天……那个红火，小媳妇那本事儿……真是怕神仙也出不了她的扣呢！"

两个灰人说到这，没皮没脸地笑，叽叽咕咕，笑上个没完，像喝上憨老婆的尿啦！

这边，可把个兰兰，尤其是花花两个年轻闺女媳妇羞得恨不得跑走。

吴有山拍着炕皮，冲兰兰又叫上了："嘿，我说，兰兰，你妹子花花也算还小，是真羞了，你么，早已过了门，甚没见过，你羞得个甚么，敢情是也像我石拐遇到的那个小媳妇，给我装屄了哇！"

正当兰兰她们不知道如何应对之际，双扇板门"哗啦"一声又开了，一个三十多岁的中年男人先探进半个身子看了看，才双手裹着羊皮袄，走了进来，笑着说："离门百步，就听见你们家里人烟呱吱的，敢情是来了贵客！"

兰兰这会儿正在为难，在心里怪二妗子，说是她有办法，这咋看见鬼来了，自个儿一刮股去了个没影儿，单叫自己和花花来咋支应吴有山这个灰圪泡呢！刚才门响，兰兰以为是二妗子回来了，一看却是村里的光棍赵宝成，也好，总算来了个男人，何况这赵宝成平素就是村里的"活谝子"能说会道着呢！

兰兰就站起来指着炕沿："宝成叔，快坐下！"

吴有山歪着头："你……你是本村的？"

赵宝成就往炕沿上坐，就回答："坐地户，占半村，若问我的名和姓，百家姓里占头名，父母给起名叫宝成，实实儿的远祖叫赵匡胤。赵宝成，瞎宝成，枉叫父母起这么个名，庄稼地里球也干不成，糜麻五谷分不清，锄头镢头就怕个重，枪头好的能打星星，不信鬼，不敬神，就爱个杀生和害命！"

赵宝成这一番话，说得那吴有山和斜眼立马就脸色变了，斜眼端起了怀里抱的枪，吴有山也把手放在腰间的枪套上。

吴有山："你……你是八路？"

赵宝成哈哈大笑："高看啦！高看啦！我赵宝成只是个打牲吃野的猎人，哪能和山上那些个神通广大的八路比呢！"

吴有山这才长嘘了口气，把手从腰上挪开，重新往正坐了坐。

斜眼却仍然端着枪，冲赵宝成喊："你别骗人，爷看你就是个八路！"

赵宝成："还有人说我像傅作义呢，你今天又说我像八路，可惜呀，再像谁，咱也只是个打牲的！"

吴有山冷冷地笑了声："我听见……你刚才夸山上的八路神通广大？"

赵宝成："是啊！连美岱桥的日本黑田队长也这么说，前一回，我给黑田太君送野鸡兔子，他就是这么说的，对了，就是他们从包头出来的军火车刚被劫了的第二天！"

吴有山一下子不说话了。

赵宝成："其实呀，我一个打牲的，荒山野地到处走，那些山上的八路呀，我见过少说也不止十回八回，那……真是个个都不比水浒里头的那一百单八将差，要我说，本事儿，还要大一些儿呢，就说前一次，秋天那会儿我亲眼看见有两个八路，大晌午坐在树荫凉地数人头呢！"

斜眼："你吓唬爷！数甚……还没听过数人头的！"

赵宝成："哄你我是大姑娘养的,就是人头么，血淋淋的，一堆，少说也有八九十来颗，用一根细麻绳串着，一个数，一个还翻着一本红黑账簿,对着哩!"

吴有山:"甚么红黑账……"

赵宝成:"别急,我说着来呀么!"

赵宝成拿出旱烟袋,装了一锅烟,抬头对兰兰说:"兰兰,给大叔寻个火来!"

吴有山就抢先丢过一盒火柴来。

赵宝成抽了几口烟,才说:"啊呀,开始我也和你们一样儿,闹球不懂那个甚么红黑账簿的,后来,我不就问人家么,人家还让我可好好仔细看了一回,原来,这红黑簿上,记着好多名字,都是咱们中国人,都是给日本人干事儿的,上边,有几个我还认得呢,这些名字后边,有的画着红圈圈儿,有的画着黑勾勾,我不是看不懂么!就多了一个嘴问了一回,这才闹明白,这凡是名字后边画黑勾勾的,那是这个人做了好事儿,画红圈圈的,是这个人干下的坏事儿,反正是好事坏事都在上面记得分明着呢,咱就单说那画红圈圈儿的吧,人家原来是,画够十个,就不再画了!"

斜眼:"为甚?"

赵宝成:"为甚,不用再画了么!命也没了,还画甚!地上那一堆脑袋,就是满了十个红圈圈儿的人,我还多嘴又问了一句,满十个红圈圈儿的人,是不是都要杀了?人家说:罪大恶极,不杀何以平民愤!不杀,何以谢天下!啊呀,敢情那个红黑账簿那就是阎王殿里的生死簿啊!"

吴有山突然又问:"那你既看了,那……那上面有没有……姓吴的?"

斜眼:"吴有山!还有我,刘骒子。"

赵宝成又连着抽了几口烟,装作拚了命往起想的样子。

急得吴有山、刘骒子眼睛珠子都要从眼眶里蹦出来一般。

赵宝成吸了一气,说:"我也就是大致扫了几眼,上边人名多着呢,是有一大厚的本子呢,我又不是能走马观碑的杨修,哪能记住呢，再说，我也不认识你们呀……对了，你说你叫刘骡子，这个名字我倒好像看见来！"

斜眼听了，愣怔了，头上的汗水就泼头泼脸地下来了。

吴有山突然冲赵宝成大骂："拍你妈的那个屄哇，你当爷们是三岁两岁的娃娃，告诉你哇，他的名字叫刘马驹，根本就不叫刘骡子，你想日哄谁？从你刚才这一顿说法，爷断定你不是山上的八路，至少也是通八路着呢！"

赵宝成也不高兴了，也拿眼瞪着吴有山："看你这穿戴哇，大小也是个当官的呢，这话咋说得这么没水平，我说过我也是大头没览地看了一眼么，就是想记哇！又能记住几个名字呢，再说，我又不认识你们，他叫骡子还是马驹子的我哪儿知道，骡子是马下的这我倒是还知道，话说回来，这话还不是他刚才自己问我的么！"

斜眼看赵宝成，眼睛却好像在盯着地下的兰兰，嘴张了几张，也没说出个甚来。

吴有山紧紧地盯着赵宝成，突然抽出手枪来，一下子指住赵宝成说："老刘，你过来搜他，没准就是大青山上下来的八路！"

斜眼扑过来，双手就在赵宝成身上上上下下前前后后一顿乱掏乱摸。

赵宝成自个儿就将双手高高举起，笑着说："我是有枪，打牲的么，可今天我是来这串门，哪有串门还带枪的，再说，我那枪也跟你们的枪不一样，是打砂子的火枪！"

斜眼搜了半天，甚也没搜到，就罢了手，退到门口灶台那儿，又拿起了自个儿的三八大盖来。

吴有山："赵宝成，你真的就是本村的？"

赵宝成："鼻子底下不就是个嘴，不信，你们现在就出去，随便拉住一个人问么！这我还能捣鬼？傻子才捣这种鬼呢——死鬼！"

吴有山收起了手枪，突然又一把抓住赵宝成的手，仔细看了看，又摸了下，冷笑了："果然你是个鬼圪蛋，就你这手，一看就是地里种地唾牛屁眼的受罪圪蛋，还给我叼鬼，说你是打牲的，猎人！"

赵宝成一把抽回了自个儿的手，说："我看你这人才是甚球也不懂么，打牲的手和种地的手就不一样样儿啦！一个捉锄把一个捉枪把，都还不是一手死肉老茧子么！"

吴有山怔了会儿，说："这……算你说得没错，不过，爷也实话告诉你，要认出你是狐子还是狼，爷有的是办法，你刚才一进门不就吹牛？说你枪打得好，行，咱一会就出去试试，还枪打星星呢！"

兰兰这会儿已经猜出，这赵宝成根本不是闲得没事儿真来串门的，一定是二妗子请来对付这两个鬼的，问题是，赵宝成嘴上再会说，说出个花儿来，他也就是个嘴上功夫！他真真的就是个庄稼汉，哪会使枪呢，这不就要露馅了么……

赵宝成真还会说，笑着说："我刚才那话，一套一套的，本来就是吹牛的，再说，我们打牲的，使得都是土造的火枪，一打，少说也有炕大一片，那些野牲口才没跑么，这要真用你们这枪……啊呀，使不惯，也没使过，哪敢跟你们二位比呢！"

赵宝成这话，理虽还能说得过去，可多少也有点露怯。

吴有山听了，更不相信了。

斜眼来劲儿了，"哗啦"一声，将子弹上膛，说："走，是骡子是马咱拉出去来溜溜看呀！"

兰兰和花花这边都在为赵宝成心里着急，也一时想不出个甚办法来。

吴有山却又突然改变了主意，把炕上那只破旧的小炕桌哗地往自己身前拉了下，就手用自己的衣袖擦了一把说："兰兰，你给咱寻碗水来，他不是能看懂八路那红黑簿上的名字，这说明他还识字,那我这就写两个最最简单的字,考考他,他今天要是认不出来,他可就有好果子吃啦!"

赵宝成这回也不由倒抽了一口气,嘴上却还说:"就跟着张秀才学了一个冬书,学的点儿字,这些年也大多就得吃了酸粥啦,你考我,肯定是能考住么!"

吴有山:"不考你难的,放心!"

兰兰本来靠着后墙的躺柜与花花牵手站着,突然放开花花抢了过来,有些恼地说:"我们一个小户人家,你们来了伺候吃伺候喝的,一点点儿也不敢怠慢,可你们也不能这样呀,又是吵闹,又是……还要比枪比刀的,想吓死我们呀!"

吴有山看着兰兰,就笑:"这……"

兰兰一把把赵宝成从炕沿上拽了下来,没好气地说:"宝成叔,人家吴营长过路来我家坐坐,本来我们有说有笑的,定猛进来你这么个人,又是吹牛又是放屁的,害得我们跟吴营长连个话也说不成,快,你快哪来哪去吧!"

说着,兰兰就从地下往门外推赵宝成,就便暗中给赵宝成了一个眼色。

赵宝成一面假装不高兴,不想走的样子,口里说:"啊呀,兰兰,你们巴结上了大人物,就连一个村村儿的邻居也不认啦!人不亲土还亲呢,咋好意思来!"

兰兰且说且就硬是把赵宝成推出了门外,赵宝成站在门外不甘心的样子,骂:"我好歹还是你们的长辈呢,就这么对我,等着吧,以后有事儿,就是你拿八抬大轿来请我,我也怕是不会再登这马寡妇的门啦!"

赵宝成跺了下脚,气哼哼地走了,临出大门,还用上劲儿摔了一回门。

赵宝成一走,兰兰和花花顿时又没了壮胆的人,心里紧张起来。

这时，窗外的天光已经黑了下来，冬天里本来就天短么！

兰兰："吴营长，你……你还是接着给咱往下讲故事哇，你们打仗的故事，我们都爱听呢！"

吴有山没接话茬盯着兰兰："二妗子呢？这都出去大半天啦，今天这咋露了个面就再不见啦？"

兰兰："你问我，我们哇还不和你一样儿，二妗子也许是给你们备办好东西去啦！"

吴有山听了，哈哈一笑说："兰兰，看咱俩傻得，二妗子那才是个明白人呢，看我来了，二妗子这是专门躲出去，给咱俩腾个眼不见的空空呢，看咱傻的，才寡冰淡水说上个没完！"

吴有山说着，就往炕沿边挪，一把就拉住了兰兰，对地下的斜眼说："老刘，你也别扎眼着啦，领上花花和果果到外边转转，看这雪下大下不大？！"

兰兰拼命挣扎，哪里能挣脱。

斜眼把枪往身上一背，一手拉了一个，就出去了。

花花和果果一边挣扎，一边大叫："兰姐——"

姐弟俩都吓哭了。

斜眼嫌麻烦，就一脚踢开院子里的小凉房门，把姐弟俩推进去，反把门扣上。

屋里，吴有山是终于下手啦！他将兰兰提到炕上，一下子跨上去，压住兰兰的大腿，就开始脱衣裳。

吴有山刚把自个儿的上衣脱下，就觉自个儿的背上火烧火燎的，接着是头上，肩上……吴有山拧回头一看，只见两个女人，一个是兰兰的二妗子马寡妇，另一个是自己的亲妈，正瞪着四只眼睛。

吴有山妈手里拿着两根掉了叶子的干柳条，冲着吴有山又没头没脸地打了起来。口里大骂着："亏你个圪炮小子还是个念书人呢，老吴家祖宗八代积下点德，也叫你个逆子就往完散呀！"

吴有山:"妈,你快住手呀!"

吴有山不说还好,一说,吴老太太更是火冒三丈:"我咋就生下你这么个畜牲,早知你这样儿,哪如当初一尿盆子把你淹死呢,就算落下个没儿,也比有你这个吃着人饭不拉人屎的东西强!"

吴老太太用上浑身力气打,吴有山没法,滚在一边,边穿衣裳边说:"妈,你不在家好好呆着,你来这儿做甚?一定是这马寡妇把你请来的吧!"

吴老太太:"吴家这个爷爷,我不是你的妈,早叫你欺负得没脸在这世上活人啦!你看你,连人家一个怀了娃的媳妇你都不放过,你连个好牲口也不如,你爹也放话了,你今天要是不服气,你不是当兵的,有枪吗?你就给我们个痛快,拿上你那吃饭圪蛋,一下子把我毙了,你爹也说了,你今天要是不回去,明天起来,他就在家里自个儿挂个肉门帘呀,刚刚我走时,他连老衣也自个儿穿好了!"

吴有山没办法,突然"扑通"一声,跪倒在地,双手抱住他妈的腿:"妈,您老就别再打了别再骂了,好不好,好歹我也这么大人了,大小还算个官,我错了,我再也不敢了还不行?"

吴老太太依然不依不饶,举着柳条还要打,马寡妇过来,抓住了老太太的手:"老姐姐,说成个甚,他也是你儿子,只要他认错服气了,就饶了他吧,只要他悔改了,也就好了!"

一场母子间的大战,总算暂时平息。

吴老太太被马寡妇扶着坐到炕沿上,又哭泣个不住。

兰兰是早已逃脱,整理好衣裳,惊魂不定地站在门外,不知是该跑走还是回屋里去。

直到这时,兰兰终于明白二妗子以前给自个儿说的,总会有办法的,原来……二妗子这一手还真绝,天不怕地不怕的吴有山,这会儿是乖得像个孙子!

马寡妇给吴老太太倒了水来，吴老太太一口也不喝，趴起来要走。马寡妇急忙留："老姐，今天这事儿，全凭你老姐大仁大义，大恩大德了，这又走了这么远路，你咋说也就在这歇着，歇上一夜！"

吴老太太："这个圪泡小子害得我连脸也没了，我咋能在这儿呆住呢，一会儿要是碰上个人，我怕羞得往墙上撞也来不及呢，这会儿天不是黑了，正好叫我遮住这张老脸走呀！"

吴老太太真的就一刻也不留，自个儿开门走了。

吴有山，还有那一个斜眼赶紧拉着马追着老太太去了。

兰兰的这一劫，就这么算过去了。

十一

怀胎六月整，兰兰的肚子显大了。

平川里已是灰蒙蒙的腊月，天寒地冻，西北风呼呼叫。

吴有山再没有来，可驻在美岱桥炮楼上的日本鬼子却三天两头地出来，到村子里捉鸡儿捞白菜的，有时，就捎带着做践女人。

一天，兰兰从茅房方便出来，就正好看见几个鬼子闯进村来。

兰兰急忙闪身躲在矮墙后边，鬼子端着枪冲过来，到处找，马寡妇指着西边的村巷说："那个小媳妇，不是我们村的，是来走亲戚的吧，刚从那边跑了。"

二姈子又算解救了外甥女一回。

那天夜里，一家人坐在灯下，马寡妇就说："这么个下去肯定不行，兰兰你虽然肚子大了，可那些东洋鬼子根本不会听进一句人话，连那些哑牲口也不如，哪一天万一落在他们手里，决不会有好结果的，咱得想想办法才是！"

想东想西，一家人想了大半夜，还是二姈子，终于想了一个好主意，挖个地洞。

第二天就动手，可是这寒冬腊月，地冻三尺，滴水成冰，要想挖个地洞，实在是不容易！

后来，二妗子就决定在屋里挖，就在里间的灶台下边挖，一来屋里暖和，地好挖，二来也隐秘，外人不会知道，万一外边来了敌人，藏也好藏。

主意一定，就立马动手。大白天也关门闭户。

兰兰有身孕，不能动手，花花也不行，就给马寡妇打下手，往外用筐子搬运挖出来的土。

白天挖，常常叫一些来人或者甚事儿打断，马寡妇就黑夜点灯熬油挖。

说起来并不算大的个工程，马寡妇挖起来，才知不容易，整整挖了十天，才总算把洞挖成，挖出去的新土不敢倒到门外，就只好填了院子外的一个山药窖。

待洞终于挖好，马寡妇自个儿爬出爬进试过，就让兰兰试着进去，后来，马寡妇又说："不行，还得往大挖，兰兰藏了，花花还没地方，花花虽小点儿，可也是个姑娘，叫鬼子逮住，也会出事儿！"

又挖了五天，马寡妇才像一只土里钻出的老鼠，灰头土脸地从洞里出来，喘着气抹着汗说："总算好啦。"

洞挖好了，在伪装出口时，又很让大家费了一番心思儿，这回，倒是兰兰想出了一个好主意，在灶台边的出口处，安了一只破风箱，移开风箱，人进去，再把风箱移回来，从外看不出一点破绽。

地洞弄好了，马寡妇叫兰兰和花花试着藏了好多次，可要说藏得最多的，却是果果，他觉得好玩，有时，这个小家伙自个儿就躲了进去，连吃饭也不出来。

地洞弄好没几天，就真派上了用场，日本鬼子闯进来过两次，兰兰、花花还有果果，都平安地躲过去了。

十二

就到了旧历腊月二十三。

这天,土默川人家,无论穷富,贵贱,家家都要送灶神。

马寡妇又要给家里人,儿子、女儿,还有兰兰这个外甥女来讲一遍灶神的故事。乡村间的故事儿就是这么口口相传,一遍又一遍,一代又一代相传下来的。

灶神原是一个穷人,穷得全家两口子只有一条裤子,男人出门,女人就坐在家里的被窝里,女人出门,男人坐在被窝里,一天夜里,两口子想想家无隔夜粮,就愁肠得睡不着觉。女的终于对男的说:总不能就这么两个大活人叫活活饿死吧,要不,你一个大男人,就出去想想办法吧,男人想了半天,就决心出去做一回贼。男人趁夜出去,就偷回了邻居家的一口铁锅,两口子商议等天明后就把这口铁锅卖了换一口饭吃。重新睡下后,这男的咋想咋不对,原来,自己偷的那户人家光景也并不比自己家好上多少,这要是等天明了人家起来一看锅没了,还不是和自己家一样儿,这万一要是再有点儿想不开……男人想着想着终于睡不住了,他觉得自个儿这事儿做得不地道,于是他又决定赶快把铁锅给人家再送回去。可外边这会儿天却开始亮了起来,没法给人家送锅,他急得在自己檐下乱转,可就在这时,天又突然黑了下来,他背起锅一溜烟跑着给人家送了回去。原来是天上的玉帝见他心好,才故意又让天黑下来,让他有机会又不丢颜面弥补自己的过失,这也就是每天黎明天在大亮时总会又黑暗一会儿的由来,后来,玉帝就又把这个男人封为灶神。

马寡妇讲完故事后又感叹了一句:"有时候,人成神就这么容易!"

祭完灶,灶王节就算走了,上天言好事儿去了。所以,从腊月二十三到除夕夜迎神这些天,家里就没有神守护着了。

神不在，鬼就来了，来的就是日本鬼。

几个日本兵是突然出现在村子里，出现在马寡妇家的院子外边的，那时，正是夜里刚刚上灯时分。

马寡妇算眼疾手快，赶快把正在做饭的兰兰一把推进了里间，果果人小身子灵活，也钻进去了。

本来，这时，花花也已躲到了里间里啦，日本鬼子就进来了，一口咬定这家里花姑娘的有！

马寡妇先装聋作哑，想应付过去，可鬼子说，刚才他们已经看到屋里就有个年轻的女人，不出来，他们就要动手搜了。

马寡妇无奈，亲自从里间里，把还没有来得及往地洞里钻的花花拉了出来。

马寡妇几乎是在哀求："太君，我老婆子是个寡妇，这个女儿还小，才十二三，还是个猴娃娃，求你们千万放过她吧！"

日本鬼子上来把马寡妇往门外一推，就把早已吓得面无人色的花花压在炕塄畔上……

马寡妇一次次往回扑着，嘴里在央求着："她还是个娃娃呀，你们不能这样儿，叫她以后还咋做人呀！"

日本鬼子一次次把马寡妇摔到门外，嘴里骂着："八格——"

马寡妇哭号着哀求："不能呀，你们不能这样儿，会天打五雷轰的呀——"

日本鬼子兵不仅是听不懂中国话，而且是压根儿就听不懂人话！

一个鬼子把门，两个鬼子在里边开始丧尽天良。

炕沿上，花花传出了撕心裂肺的呼叫……

鬼子的淫笑……

三个灭绝人性的日本鬼子，当着一个母亲的面，强奸、不，是轮奸了她的女儿……还未成年的少女……

当家里再无声息时，当兰兰和果果从里间的地洞里出来时，他们看到的是，花花衣裳被扯成稀烂，头发散开，光身子直挺挺地躺在土炕上，双目痴呆……

二妗子倒坐在炕沿下，头和背放在炕沿上，嘴角、额头上流着黑血……

兰兰惊叫："花花——二妗子——"

果果哭叫："妈妈——花姐——"

二妗子突然像从梦中惊醒一般，扑过来，抓住兰兰："你看见甚啦？你甚也没看见！还有你，果果，你花姐咋也不咋，你们一个个都要给我闭嘴，今天的事儿，一辈子要烂在肚里！谁瞎说，我就……割了谁的舌头！真的，若不信，你就试试……"

一股夜风刮过来，将敞开着的门一下子给关上了……

兰兰一下子靠在身后的墙上，眼睛一下子也变得空空洞洞……

花花躺在炕上一动不动……

二妗子仍瘫坐在炕塄下，任额头上、嘴上的血在流……

只有果果被吓坏了，扑到妈妈怀里，又扑到姐姐的腿边，扯开嗓子号着……

突然，兰兰一下子跳起来，抓起炕沿下的扫炕笤帚，抡圆了，开始往自个儿衣襟下隆起的肚子上砸……

兰兰就打自己的肚子就骂："我倒不信，你是个龙种还是凤胎？就算你真是龙种凤胎我也不要了，害死了人还不行，还要祸害的人家活个活不成，死个死不下！我今天就把你这孽种处灭了！趁早处灭啦！"

兰兰的样子，已经疯了。

马寡妇先是一愣一怔，突然像一匹护子的疯狗，一下子扑过去，先是伸手就给了兰兰两个响亮的耳光，紧接着，像只母老虎一把夺下兰兰手中的笤帚，就手丢远，口气像要一口把人吞下："兰兰，你要再敢动这肚子里的娃娃一下，我就一头撞死给你看，一头撞死，你信不信?!"

外边，是一阵饿鬼打架嘶咬般的大风……

十三

土默川冬去春来。

经历过一冬严寒封锁的大地，解冻了。

从大青山上流下来的几道小河，像冻僵了的小蛇，又复活了，在明媚的春阳下，闪着晃眼的白光……

桃花开罢杏树花开。

河边，绿柳如烟。

筑在马寡妇家檐下的那窝燕子，双双从南方归来的那天，兰兰的肚子终于有动静了，马寡妇请来了四村八邻最最有名的接生婆万福老婆儿。

兰兰从这天午后开始肚子疼，一直闹腾了一个半天，又差不多一个黑夜，就在第二天早晨太阳出宫时分，随着兰兰一声声杀猪似的号叫，一声响亮的婴儿的啼哭从马寡妇家的小院子里传了出来。

当万福老婆儿倒提着一个又胖又大的赤裸婴儿，交到守在一边的马寡妇的手上时，恰好太阳从窗户上的破窗棂上照了进来，把个赤裸的婴儿照得通体罩上了一层光圈，孩子的毛发都成了金黄金黄的。

马寡妇双手托着这个终于来到人世的孩子，在婴孩的双腿间摸了一把，突口喊出："是个带把儿的，男娃!"

躺在炕上的兰兰的脑袋动了下，望着二姈子手里哭声响亮的婴孩，脸上露出了一丝疲惫的笑容……

第三部　大河

一

隔河千里远。

从土默川的马兰滩村,到黄河南边的准格尔的河湾村,实际的里程就算往多里说,也绝不超过四十里,只少不多能算半程路。可兰兰已经是整整两年没有回过娘家了。原因是日本鬼子来了的第四年冬天,兰兰刚刚儿从娘家出嫁到了马兰滩,娘家那个村子就遭到了日本鬼子的烧杀,兰兰大和妈,还有弟弟就在逃难中渡过了黄河,投奔黄河南畔的亲家去了。

隔着黄河本来已经就来往不便,再加上日本鬼子来了后,绥包沦陷,土默川当然就成了敌战区,傅作义的三十五军退守后套的陕坝,与敌长期对峙。而黄河南边的准格尔,则有名满天下的马占山将军和他的东北抗日挺进军坚守着,几年来,日本人多少次的跨河进攻都叫马占山将军打得落花流水。马占山将军也好多次率兵过黄河打过不少漂亮仗,但是因为敌伪力量的过分强大,马占山将军也是打了胜仗就主动撤回河南面。特别是马占山将军的手下大将骑六师师长刘桂五将军在固阳黄油杆子壮烈牺牲后,东北挺进军过河打鬼子的次数是少了下来,大多数时候,东北挺进军是在坚守黄河河防。最有意思的是,河南边马占山将军的兵和河北面的日伪常常隔着河打枪放炮。因为黄河在这一段河面较宽,这种隔河而战常常是谁也奈何不了谁。

兰兰嫁到马兰滩后不到半年,男人杨石柱就在一天鸡叫时分偷跑了,上了土默川北面的大青山投奔八路军的李井泉、姚喆去了。

前年七月,日本鬼子突然袭击了马兰滩村,屠杀了十四名抗属时，兰兰作为八路的老婆本来也是在劫难逃，可她在叫日本人捉住以前叫她的公公杨孝先老汉推进了他家房后的枯井，才算逃了一命。公公婆婆都叫日本鬼子杀了，公公在咽气前，托兰兰的二舅张二羊换从枯井里救出兰兰，带兰兰上大青山寻找他儿子石柱给老杨家留下种，张二羊换受人之托，忠人之事，答应下的话做了，结果老杨家的种是种在兰兰肚里啦，可二舅却把命送了。

兰兰从大青山上回到马兰滩后，十月怀胎，又全凭了二妗子马氏的悉心照护。为了她肚子里这个老杨家的种，二妗子没了男人不说，又赔上了尚未成人的女儿花花，花花叫鬼子糟蹋了。

老杨家的种终于呱呱落地，现在已经虚两岁满一周岁了，土默川上两国军队打成一锅粥。为了兰兰母子的平安，二妗子马氏成天提心吊胆着。兰兰呢，早就为自个儿给二舅一家，特别是二妗子带来的巨大的灾难难过得活都不想活死的心思也有了。可是儿子青山才刚刚周岁，兰兰死也死不成，于是，她就拿定主意要回河南那边住娘家。

兰兰向二妗子马氏提出自个儿要带着儿子住娘家的话，是在一天早晨吃饭时说出来的。

二妗子马氏一听就恼了，将手里的饭碗"叭"地一声往炕上一掼，叫了开来："兰兰，是二妗子自个儿吃干的给你喝稀的啦还是二妗子偏了儿子女子慢怠你娘母子俩啦？"

一句话说得兰兰两眼泪。

兰兰也丢开碗筷，"扑通"一声就在炕塄畔底下给二妗子跪了下来。

兰兰仰着流满泪水的脸说："二妗子，都怪外甥不会说话，惹二妗子生气，要论说二舅二妗子待老杨家，待我们母子的恩情，那真是比天高，比地厚！"

二妗子听着兰兰这话，也就流下泪来，说："真应了那句古话，不是冤家不聚头，肯定是你二舅和我前辈子欠下了你们老杨家甚啦……不过，既然已经这样儿啦，还说这些做甚呢！二妗子如今孤儿寡母的，你兰兰虽是有男人的，可不是刀枪林里打日本连个面也见不上吗？那咱外甥妗子就这么相互依靠着过日子就对了么！我就不信，这日本鬼子就能在咱这儿长呆着呀！等甚时候天下太平了，石柱回来，二妗子也好交待呀！"

兰兰："当外甥的就算再傻，也还能数见三十六眼窗子呢，二妗子你的好心，兰兰我都知道咧，只是，为了这个娃娃，二舅送了命，二妗子你又……让花花吃了那么大的亏，如今，这青山总算顺利生下啦，可到长成人，还得多久？眼下，咱这平川里，两国交兵，打得不分明黑，就说二妗子你哇，黑夜连个囫囵觉也不敢睡，连个衣裳也不敢脱，一听到个风吹草动，就……这往后的日子还长着呢，这要是把二妗子累坏，花花果果靠谁？我大我妈既然都还在，他们那边又有咱中国的部队守着，老百姓过着平安日子，这不就几十里路，隔着一条老黄河么，我们娘俩去了，咋说也比这边好过，二妗子你们也能省些心呀。"

二妗子马氏听了，歪着头怔怔地想了会儿说："兰兰你这么说，倒也不是没道理，不过，要到准格尔那边，虽说才几十里路不远，毕竟还隔着一道大河，再说，两边都还有兵互相防着呢，这事儿，还是让二妗子好好儿想想再说！"

三天后，萨县王经雨的抗日游击队来到马兰滩村，知道兰兰母子的情况后，王经雨亲口对二妗子马氏说："为了老杨家的种，为了咱革命的后代，你们老两口，不，是一家人，付出了这么大的代价，比大戏里唱得那个程婴救孤的《赵氏孤儿》都要动人，现在，也让我来做一件好事儿吧，我王经雨拿自个儿的人头担保，一定想办法让这母子二人平平安安过黄河，并亲手把他们交给兰兰娘家！"

二妗子这回才算终于同意了。

又过了几天，一个上弦月的夜里，兰兰怀抱着儿子青山，从河边的一片芦苇林里上了一条小船,在游击队长王经雨和另外两个怀揣盒子枪的壮汉的护送下,人不知鬼不觉地渡过了汹涌的黄河,在黎明鸡叫时分敲开河湾村最南头的兰兰娘家的门。

二

河湾村紧靠黄河,宽宽展展东流的黄河在这里叫从南边伸出来的一高地挡了一下,向北扭去,绕了一个不小的大弯,才又转回来,向东流去。就在这块高地东边,弯出一个高高低低有几十户人家的村庄,就是河湾村。

兰兰的娘家,本来就是来投亲家的。先在村里的亲家住了一阵,后来,就在亲家的帮忙下,在村子东南头一片大草滩的南头,紧靠库布其大沙漠的地方,搭起三间泥棚草舍,又开了几亩荒沙地,一家三口人过活,整个河湾村,家家户户都毗邻,只有兰兰娘家一户孤悬村外。

兰兰娘家这会儿只有三口人,兰兰大、妈,还有一个十七岁的弟弟。

兰兰带着儿子突然到来,用兰兰妈的话来说,真是"梦也没梦见"。

兰兰妈从女儿手里接过裹在一块小红被子里的青山,瞅着那张胖乎乎嫩白白的漂亮的小脸,一遍又一遍地说:"这就是我的外孙子?就这么大啦!长得这么袭人!"

兰兰她大一看就知道是个和善的庄户人,凑上来看了看孩子,就退后立在门口那儿只是搓手,只是笑。

兰兰的弟弟根在是拉住姐姐的手左看右看,他与姐姐不见面,已经有两年了,两年前,他还是个正在调皮捣蛋的毛头小子,现在,个儿也比兰兰都要高过半头了。

兰兰见弟弟长这么大,也是稀罕得不行,摸摸弟弟的肩,捏捏弟弟的耳朵，说："才两年多不见，就长成大后生啦！"

根在和姐姐亲热了一会儿，才想起姐姐的娃娃，扑过去，伸手要从他妈的怀里往过抢娃娃，刚拿在手，又叫他妈给夺了过去："根在，看你毛手毛脚的，娃娃能这么抱么！"

根在抱不到孩子，就参着两只手围着他妈绕着，眼睛紧瞅着小外甥，嘴里说："看看，这两只小眼睛，真像两颗黑葡萄！再看看这小嘴……"

根在看着不过瘾，就伸出右手，用一根指头在小外甥的脸上、下巴上、额头上点了一下又一下，说："这眉眼长得有点儿像我姐夫，这嘴、鼻子、下巴却像我姐！"

兰兰大却在一边笑了，说："养儿像外舅，我看这娃，倒跟咱根在长得可一样样儿呢！"

根在："大，你说这娃娃像我？我咋就一点儿也没看出来呢？"

兰兰妈："那是因为你连自个儿长得个甚样样儿都不知道，都怨咱家，如今连面镜子也没有！"

兰兰指着自个儿带来的一个蓝布包袱，说："我有一面小镜子呢，以后让根在天天照吧！"

根在又点着孩子的下巴说："傻小子，你是我外甥，我是你舅舅，见了舅舅你咋一声不吭，快叫舅舅呀！"

兰兰妈："还说人家是傻小子，我看你才是傻呢，这娃娃才多大，就会叫你舅舅？！"

兰兰："快过周岁啦，会说好多话呢，只要教他，他就会叫的！"

一家人高兴了半天，当妈的才说："看看，咱就顾高兴啦，连人家王队长他们一顿饭也没给人家吃！"

兰兰她大说："你这话不是马后炮么？人家王队长他们早走了，你才说！"

兰兰妈："唉！……那咱自家也该做饭了，太阳都出来啦，兰兰，你早饿了吧，还有咱这小外孙！"

一家人吃过早饭，小青山吃了妈的奶水，躺在炕上睡了。兰兰虽一夜没扎一眼，却没有丁点儿睡意，就斜靠在土炕上的铺盖垛儿，和她大、妈、弟拉起了别后这两年多的话来。

拉到日本鬼子在马兰滩的麦场上屠杀十四名抗属一节，兰兰她大、她妈、弟都咬着牙骂："狗日的小日本！"

兰兰她大说："我早就知道这小日本狗日的不是东西，这才带着你妈、根在逃到这儿的，看来，是逃对了，惹不起，咱还躲不起么！"

兰兰她妈："只是苦了咱那亲家老两口，那老两口是多好的人呀！"

说到二舅张二羊换受杨孝先之托，带着外甥女兰兰进大青山给老杨家留种，大家都紧张着，听得一惊一乍的，直到最后，兰兰讲到二舅火烧山林，与日本鬼子同归于尽，兰兰的妈一下子跌倒在炕沿下，大叫一声："我那兄弟呀……"就哭死了过去。

这天的晌午饭没吃成，直到太阳落下时，全家才吃第二顿饭，还是兰兰亲自动手做的。

黑夜，兰兰就又叨叙自个儿从山上回到马兰滩后以后的事儿。

兰兰她大听得直感叹："啊呀呀，你二妗子真是个好人里头的好人呐！"

兰兰妈："我自个儿的弟媳妇，别人不知道哇我还能不知道，她二妗子要说不好，也就她那张嘴，其实就是刀子嘴豆腐心！"

当兰兰叙到花花为了自己叫日本鬼子牲口遭害一节时，大家的愤怒情绪真是无以言表。

根在首先向他大发难了，说："都怨你，大大，人家家里有后生，都当兵，上山投李支队，打日本，就大大你，倒带着我和妈逃到河这边来了。"

兰兰妈："根在，你大没错，你不是还小么！"

根在反驳："我姐夫人家不是刚把我姐娶过，家也不顾了就上大青山当八路了么！这年头，要是人人见了日本鬼子就跑，那迟早还不是会叫鬼子把咱们给都杀了！"

睡觉前，兰兰妈瞅着在兰兰怀里吃奶的小外孙说："这小子，原来是我那兄弟……你二舅拿命换来的！"

兰兰哼了一声："可不止呢，还有花花，我二妗子……就说我这个当娘的，为他，又吃了多少苦，成天担惊受怕的，他没出世，就遭了多少罪，这以后的日子还长着呢，谁知道还有多少磨难呢！"

一家人一时都不说话了，不知道说甚么。

唯小青山花骨朵似的小嘴，啧啧有声地吸吮着母亲甜蜜而旺足的奶水。

三

兰兰带着儿子回到黄河南岸准格尔的河湾村住娘家，已是桃红柳绿的五月天。

因了黄河天险，还有马占山将军的东北抗日挺进军的守卫，这里和仅一河之隔的土默川相比，一无战火，二无日伪军三天两头的骚扰，百姓还能安居乐业，听，河头那边，就有人一边扶犁耕地一边唱着准格尔地特有的蛮汉调：

大河畔上栽柳树
栽不下柳树呀不好住

黄河湾里寸草滩
马放脱笼头不用管……

兰兰将娃娃交给她妈去看管，自个儿胳膊上挎了个红柳笸头出来，在田头地畔掏苦菜、狼棒棒儿。她的心情就像这三春的天气一样样儿好，是啊，几年来，她已经饱受战火之苦，如今总算跳出苦海，可她总是还不由得停下手头的小铁铲，仰着头向北望，北边的地平线上，天际线下，大青山蓝幽幽的，青蓝雾罩，乍看又像从天际涌出来的半边云头。她知道，就在那里，有李井泉、姚喆的八路军游击支队，自个儿心爱的男人，娃娃的他大石柱就在那里，他们也许正在转山头与鬼子汉奸周旋，也许又骑着马、骡子从山上下了平川，瞅准机会打击敌人。他们也唱歌，记得石柱送她下山时就给她唱过的：

　　　狼下山　我下山
　　　狼回山　我回山……

　　兰兰这么想着，就真的把石柱想象成了大青山里的一匹狼，还有方队长他们，应该是几十匹狼，上百匹狼，他们个个都红了眼，随时都会扑下山来，去咬死那些平白无故闯进他们家园，屠杀他们亲人，糟蹋他们姐妹的万恶的日本鬼子、狗汉奸。

　　再望一眼仅一河之隔的土默川，那里本是地肥水美的好地方，在太平年月，本是比这边富足多多的米粮川，可自从日本鬼子来了以后，那里的父老乡亲没有一天天的安生日子过了。几年来，多少村庄遭到了烧杀，多少父老乡亲兄弟姐妹不是送命就是叫强奸伤害……就单说自个吧，真像山曲儿里唱得那样儿，真真是"水瓮沿上跑马强捞住一个命"呀！就说今天吧，这样一个春光明媚的好日子，可那边呢，四野里不见耕牛和种地的庄户人，好端端的大晴天，这里，那里，却又升起几柱冲天的黑烟，隐约还能听到枪炮声，自个儿那亲爱的二妗子，这会儿也不知道在做甚呢，也许，她老人家又在为一双儿女的安危提心吊胆着……想到这儿，兰兰就有了强烈的自责，后悔自个儿咋么那么自私，咋就没省得让二妗子，还有花花果果也一起和自个儿来这边来呢？这里的日子虽然也清苦，可大家在一起帮衬着总比在那边孤儿寡母整天提心吊胆要强上百倍吧！

这么想着，眼前这草长莺飞、桃红柳绿的美景就让兰兰更伤心懊恼起来。

春阳照在身上，麻酥酥的，无端地使人有些从骨头里发懒，春水浸润的河滩，还有新翻过的土地散发出来的有些膻腥的土味儿又叫人像喝了烧酒样儿，有些醉意想瞌睡。

不知过了多长时间，兰兰发现自个儿的身影儿缩到了脚下，她抬头眯起眼看看刺眼的阳婆，立马站起身来，小晌午了，她该回家里帮着妈做饭去了。

兰兰从地里回到家，先烧上火，就坐在炕塄畔削山药皮。

院子里突然响起了一阵银铃般的笑声："听说大妈可有个漂亮袭人的好闺女呢，从河那面来住娘家来了，我就跑来看看！"

兰兰妈："噢，我闺女就在家呢，阳女子你快先进去，你们姊妹们好好坐下叨啦叨啦！大妈把这鸡窝收拾一下。"

低矮的木板门就"哗"地一声开了，外边的阳光从门口泻进来，一个娉娉婷婷的身影子就从门上跨进来。

因为外面亮，屋子里暗，进来的人又正好背光，兰兰一下子并没看清楚进来的女子的面目。

待进来的女子离开门，面炕站立，兰兰才看清，来的是一个十六七岁的长辫子闺女，闺女红袄绿裤，一头鸦翅般的黑发梳得能闪了蝇子的腿，瓜子脸，尖下巴，两只眼睛又大又黑，那眼睫毛真长呀，挺挺的鼻梁下是一张红润润的嘴唇，有两颗白玉似的牙齿半露着……只是身子骨好像有点单薄……闺女望着兰兰笑着："说，是兰兰姐吧？我就是这河湾村的，姓李，叫阳女子，和大妈一家可惯哩！"

兰兰眼睛紧紧盯住阳女子，也笑着说："噢，你是阳女子，快过来坐吧,我初来乍到,还谁也认不得着呢!"

阳女子:"早就听大妈天天念叨你呢,说你嫁到了马兰滩,娘母子已几年不见了,大妈每说起你就哭一次鼻子……这回倒好,你总算来了,还抱着了娃娃,让我看看,这娃娃一定是个袭人娃娃,兰姐你就长得好么!"

正好炕上睡觉的娃娃醒了过来,小羊羔似的哭了两声就住了。

阳女子手托炕沿爬上炕,俯身看着娃娃,娃娃那嫩白的小脸,黑葡萄似的眼睛让她喜欢得不得了,她索性将娃娃从炕上抱起,退到炕沿边上,坐了,哄逗怀里的这个小人人儿。

阳女子:"兰姐,娃娃叫甚?"

兰兰:"叫青山,杨青山。"

阳女子:"青山?大青山的青山么?"

兰兰笑笑:"是,就是,不过,这两天,他老娘又给起了个小名,叫虎虎。"

阳女子:"虎虎?好,这名起得好,青山,虎虎,虎凭山,官凭印,大名叫青山,小名叫虎虎,再好没有了!"

兰兰和阳女子正说话间,根在从地里回来了。一进门看见阳女子正抱着娃娃叭叭地亲,就笑着说:"这么爱娃娃,自个儿生上一个么!"

阳女子头一扬:"是女人就会生娃娃,只是迟早的事儿,我看你是该愁的不愁,愁人家大青山没石头!"

根在一时就上不来话,只是讪笑着,走过去,用手指在虎虎的头上、脸上点着说:"虎虎,叫舅舅!"

虎虎就叫了声:"舅舅!"

根在又指着阳女子对虎虎说:"快,叫妗子!"

虎虎一时学不来。

阳女子抽出一只手来就在根在的肩上捣了一拳,骂:"人家虎虎才不像你这么坏呢!"

根在:"这有甚坏的,也不就是迟早的事儿么!"

阳女子就又举起手要打根在,根在头一缩,拉开门跑了。

阳女子这才又在虎虎脸蛋上"叭叭"地亲了两口,将娃娃递到兰兰的怀里,说了句:"晌午了,我得回家啦,兰姐,你没事儿来我们家串门,紧靠河的那一户就是!"

阳女子像一只山羊,蹦跳着就走了。

兰兰抱着娃娃送到门外,叹道:真是一个好女子!

四

在接下来的时日,这个漂亮的姑娘阳女子老是隔三差五地往兰兰的娘家户跑。今天来,说是为了跟兰兰学习剪鞋样儿,明天来,说是要跟兰兰学习纳鞋底。再一天来,手里提着一个编织的精巧无比的小笼子,里边是一只叫声清脆的蛐蛐,说是专门来送虎虎的。

毕竟女人最懂得女人,阳女子尽管和兰兰处得像亲姐妹一样样儿的,可兰兰还是很快就觉出,这个阳女子这么勤的来她家与自个儿处得这么好,其实还有另外的意思。阳女子每次来家,与根在的接触是不多,有时候也就是在一起随便开几句孩子式的玩笑,可兰兰还是看出,阳女子对自个儿的弟弟根在有意思。

一天,全家夜里围在油灯下吃饭时,兰兰突然说:"根在长成大后生啦,也该瞅摸一个媳妇了吧?"

兰兰她大首先就叹上气啦,说:"咱又不是坐地户,在这里没基没业的,也就是混个日子,回河那边,还不知道是牛年呢还是马月呢!谁会瞎了眼,把闺女嫁给咱根在呢?"

兰兰她妈紧接着也说:"要说哇,男子十五夺父志呢,咱根在已经满十七立马就十八的大后生啦,要不是这闹日本,在咱那儿的话,我怕早就也能抱孙子啦!可如今……就算咱想给找,怕也不好找吧！"

兰兰就不爱听了，说："大大妈妈，你们也真是的，这自古男大当婚女大当嫁，再说这我兄弟根在，就算不能说是马中赤兔，人中吕布，可也长得算百里挑一，要个子有个子要长相有长相，真要找个对象，哪里会犯难，要我说，闺女里头还尽咱挑呢！"

根在正在吃一口饭，听到这儿，急忙伸着脖子咽下饭，说："还是我姐亲我来，这么高看我这个兄弟！"

兰兰："甚高看不高看的，不信，你把河湾一带的后生都拉出来，咱比一比么！"

根在："真要给我找，我这里还是有条件的。"

兰兰："甚条件，你说！"

根在看着姐姐，嬉皮笑脸地说："就是……论长相，还是人品，只能比姐姐你强，不能比姐姐你差。"

兰兰她大又憋不住，说话了："咦，就咱这家境，你小子能找上一个眉不秃眼不瞎的，也就烧高香啦，还挑肥拣瘦呢！"

兰兰："我说……我说咱家的人咋一个个都这么痴眉钝眼的，根在这媳妇儿，不是现成的么，你们咋就……真看不出来？"

兰兰妈："现成的？在哪呢？"

咦！兰兰一下子看住她妈的脸，看了半天，又移到她大的脸上，最后又看着弟弟根在，说："你们……一个个莫不是跟我装糊涂的吧？"

三人几乎是异口同声："装糊涂！我们给你装甚么糊涂？"

兰兰"哎呀"了一声，嘴张了几张，终于直说出来了："那阳女子不就成天在咱眼前绕着么，难道把你们一个个的眼绕花了，看不见？"

兰兰妈苦着脸："这传女子，说了半天，原来是……"

兰兰妈又端起碗吃饭了。

兰兰不明白，就又看她大。

兰兰她大摇摇头，说："这阳女子，要说，也真是个好女子，可惜人家早就有了头主啦！"

这回，该兰兰吃惊了，她大睁着一双眼，怔怔了半天，不能相信似的，问："这，大你是说，这阳女子有婆家啦？"

兰兰妈："早就跟东柴登滩的白家大小子订了婚啦，人家白家都打发媒人来过几次啦，催着要娶呢！"

兰兰还是不能一下子接受这个事实，说："不是哇！"

兰兰妈嘴一扭："哼，不是个甚呢！话既说到这儿，妈今天索性也就直说了哇，兰兰你就没看见，这些日子这阳女子三天两头往咱家跑，明里说是跟你好呢，实里说还不是扰咱根在哩，妈是碍着你的面子，才甚话也没说，可你看见妈甚时候给过她个热脸！"

兰兰妈这句话说得根在一下子变了脸色，坐不住了，丢开饭碗拉门出去了。

兰兰："看妈你这话说的，我就咋也不爱听，就算人家阳女子来咱家是真扰根在，那又有甚不好，这不说明人家阳女子心里头有咱根在么！"

兰兰妈就不高兴了，说："你说的我连耳朵里也进不去，那阳女子你们说她千好万好，可我看她一点儿也不好，一个青头大闺女，明明是有头主的人啦，凭甚还要天天来瞎扰人家后生小子呢！能扰出甚结果来呢，我看纯粹是想往下扰事儿呢！这真要是万一哪天扰出一圪蛋事儿来，我看她阳女子今后还咋做人？再说，那不是把咱根在的名声也坏啦，还再找对象呢？怕连个蚂蚱也再捉不住了呢？"

兰兰又端起碗，把碗中剩下的半碗饭慢慢吃完，放下碗说："我是初来乍到，不知道阳女子她这桩婚事儿的根底情由，可就凭这一段我们相处，我敢断定，这阳女子人长得好不说，又心灵手巧，有情有意的，就算人家是扰咱根在，人家那也是真心喜欢咱根在，话说回来，咱根在除了长得像个男子汉，再有甚咧，就凭这点，人家阳女子要看上也是看上咱根在人啦，咱除了人真的是再甚也没么！这还不能表明人家阳女子是好女子？再说，就算阳女子如今是有了婆家，凭着都是女人，我敢把话说死，那她也决不是她自个儿情愿，要不，人家那么精明的个人，能不知道爱惜自个儿的名声，大大妈妈你们哇，还不是打年轻时候过来的？这男女婚嫁虽说自古讲究个父母之命、媒妁之言的，可哪一个心里真正盼望的，还不是个两情相悦，这阳女子和咱根在，反正我是咋看咋像天生的一对地配的一双！"

兰兰妈："兰女子你今天就是在这儿给妈说出个花来，咱根在也跟那阳女子不能有事儿，他们本来就一个是旱地的蛤蟆一个是河里的鱼，咋也走不到一块的！"

兰兰："那不一定，我明天起来还要找阳女子亲口问个明白，她是不是就看下咱根在啦，只要她敢说这话，我这个当姐的，就一定要成全了他们的好事！一定的！"

一直坐在一边不吱声的兰兰她大，本来打着火镰要点一锅烟的，听了女儿这么说，吓得一哆嗦，着了的火绒掉在怀里了，赶忙去拍去抖，烟锅子里的烟末也倒了，老汉一边拍打着自个儿的裤腿，一边说："哈呀，兰女子，这你可是灰说咧，你没听还有这么一句话么，宁拆十座庙，不毁一门婚呢，那事儿可不是咱们这正经人家做的！"

兰兰这时已跳下地，正在把吃过的钥箸碗盛收拾起往灶台上的锅里放，她一边啪哩啪啦着一边说："我才不信这些鬼话呢，只要能成全了这件好事儿，我就是叫世人骂得头肿了我也不后悔！"

五

兰兰说到做到。

第二天,兰兰就将家里的脏衣裳收拾了一箩筐,挎着,穿过大草滩,穿过村道,直走到黄河畔的阳女子家,约了阳女子,两人到河畔柳林边的一个清水潭边去洗衣裳。

水潭距北边黄黄涌涌的黄河也就不到百步之遥。说是水潭,其实是一片水,水也并不深,只是与黄河水不同,水是清绿清绿的,且水面有两个打谷场院那么大,叫水潭真还不如叫水滩更合适。

现在正是农历七月,黄河湾里天气已经很热,可这里是水面,三边都又有绿柳围合,树荫下还有浓浓的荫凉,虽然树梢梢都不动,可坐树下洗衣裳,还是很凉快的。

兰兰和阳女子各自都提着箩筐,择水边一处柳荫下蹲下,水边有几块大大小小的青石,可以搓衣、捶衣。小石块搬来垫在屁股下坐。

水面清可见底,虽然没风,水面上还是泛着水波纹。从水边看过去,水里映着蓝天、白云。离她们坐的这一边不远的水里,生长着几簇芦苇,芦苇青青,有蜻蜓在芦苇上站立或乱飞,还有一些水鸟在贴着水面唧啾着,掠飞着。

兰兰和阳女子就洗衣裳就开始拉话。

兰兰:"阳女子,想不到你人不大,倒早就找下婆家啦,还一直瞒着我。"

阳女子:"狗屁!那是我大我妈爱人家的银钱,想硬把我往火坑里推呢,我才不承认呢!这事儿我才不是只今天不承认,自开头至今,就没有应过哪怕半个字,连我自个儿都不承认的事儿,我还跟人提它做甚呢,这哪能就提到瞒你兰姐呢!"

兰兰一听,高兴得就不由得笑了,说:"这种由父母再加上灰媒人包办的亲事儿,咱见得还算少么?你细看看哇,十个有八九个到头来是没有甚么好结果的!"

阳女子看着兰兰说:"可不是么!远的咱就不说了,就不出我们这河湾村,就有一个闺女,硬叫狠心的爹娘嫁到西边达拉滩,你猜嫁了个甚人?洋烟鬼,光抽洋烟不说,还要赌,耍赌也不说,这人奇了,还有个怪毛病……"

兰兰:"你往下说呀!"

阳女子格格格地先笑了一回,才放低声儿说:"这人呀,说是男人,偏偏就不喜欢女人,平素爱唱几声戏,黑夜里去找年轻后生半大小子跟他睡呢!"

阳女子说着又是一通笑。

兰兰还是第一次听到这世上还有这号人,听得就叫人身上起鸡皮疙瘩,兰兰就不想再听,赶端问阳女子:"跟这号人,还能过生活?"

阳女子:"我说着就来呀么!我们河湾这闺女嫁过去没过了一年,就叫操磨得没活头,爬了黄河啦!"

兰兰是个心软的人,虽说还不知道阳女子说的这个女子的名和姓,可就听了这么几句话,她就心里难受,为这个不幸的女子不平,不愤。

兰兰低下头揉搓了半天衣裳,才又拧回脸对阳女子说:"妹子,兰姐问你一句话,刚才,咱不是说到你找下……不,是你家给你寻下婆家的事么?你说你从来就不承认,咱先不管这些,姐只想知道知道,你大你妈他们给你寻下的,到底是一家甚么人?那男的又是做甚的,花的?还是狸的?就给兰姐叨啦叨啦!行么?"

阳女子看了兰兰一眼,紧抿住嘴唇,望着面前的水沉默了半天,才又开口:"就是离咱这不远的东柴登滩的,姓白,说是祖上是在东素海驿站上当过个甚么小官,家有五间柏木椽子房,还养了羊群,牛群,家里就一个小子,独子,去年在大营盘唱戏时,我远远看见过一回,是个拐子,说是小时候得过甚病落下的,年纪比我大十岁还多,都快三十啦,以前也娶过,过门不到一年就生娃娃难产死了,还留下一个娃娃,好像是三岁……还是五岁我倒忘了,就由他妈给务抚养呢!"

兰兰牙疼似的抽了两口气,说:"阳女子,你才十七,真真儿的黄花闺女,嫁这么个人,真不知道你大你妈是咋想来?!"

阳女子:"咋想来? 就是看那白家有点钱,爱人家的银钱么!"

兰兰低头又揉搓了一会儿衣裳,停下,扭过脸看住阳女子,问:"那么,你不愿意,你大你妈他们就一点点儿也不顾及么?"

阳女子冷笑了一声,说:"亲亲儿的女儿就是还不如几个银钱么! 顾及,现在他们怕是想顾及也顾及不过来啦!"

兰兰:"那又是为甚?!"

阳女子:"为甚? 他们花了人家白家的银钱么,我大拿那钱放账,想一本万利,结果叫忽拉盖给骗了。"

兰兰:"听说白家催着要娶呢? 情实么?"

阳女子:"那还有假,人家再傻,也懂得花了钱要人么!"

兰兰怔怔了会儿,又问:"那,阳女子,你给姐说上个实话,你自个儿又是咋打算的? 嫁还是不嫁?"

阳女子:"要嫁,我今天还能跟兰姐你坐这儿洗衣裳,这都两年都多了,灰头鬼媒人郝六儿跑断腿了,我也没松过口,就是不嫁,说出来不怕兰姐你笑话,我跳河上吊也实闹过不止一回两回啦,还是我大心肠还不算硬,怕我死了他没闺女,才没有往死里逼我。"

兰兰:"那……这终究咋结呀?"

阳女子有红似白的脸上就罩上了一层阴云,怔了半晌,才说:"我就给兰姐你掏出心来说吧,我原本指望我大我妈他们,或者有哪一家我能看上的人家能出来,把白家那边的财礼退了,可这都两年还多了,哪有指望啊! ……前几天,就是大前天,郝六儿又来了,给我大我妈把硬话丢下啦,等今年一收罢秋,人家白家是非娶不行!"

兰兰只是看着阳女子。

阳女子忽然又笑了,说:"我也想好了,真到了那天,人家来娶,就叫他娶吧,这回,我也不打算再在娘家闹了,就算我大我妈不顾念我是他们亲生的骨肉,可我这么大了啦,也该懂点儿事啦,毕竟遭逢上这样的父母,他们再咋总还生我这个身子来,那我索性也就把这个身子还给他们,我也决不再在娘家这边瞎折腾了,打算下个死还,就让白家娶,等娶到他白家,进了白家的门,我就成了他白家的人,到时候,我还怕找不出个尿尿的功夫,井又没盖子,是树都有枝子,我就来他个了结,到那时,叫我大我妈好好儿后悔去吧,至于白家那边,就算人财两空,也就让他们自认倒霉吧,这话,我给媒人也说了不止三遍两遍啦,他们谁也听不进,不相信那是他们的事儿,我也没办法!"

兰兰突口就骂:"灰说呢,年轻轻的,活还没好好活呢,咋就能说到死呢,再说,死也不是说死就能死的,没有喝凉水那么容易!"

阳女子一下叫开了:"赤脚的不怕穿鞋的,就我如今这处境,不死,难道还有别的办法么?要叫我和那个拐子过,不要说一辈子啦,我是连一天一夜也绝不会的,那才叫生不如死呢!"

兰兰直起腰,甩了甩双手上的水珠,望着太阳光下有些晃眼的水面,歪着头想了足足有一袋烟工夫,还是想不出更好的办法来。

村里,不知谁家的母鸡下了蛋,咯咕咕,咯咕咕地聒叫个没完没了。

兰兰终于又想出了一个问题。她问:"阳女子,那你大你妈他们到底花了白家多少银钱?"

阳女子:"自订婚两年多来,大小时分八节送的礼和东西不说,光洋钱就使唤了人家整整一百个。"

兰兰吃惊:"这么多!"

阳女子:"还不是就凭我这个捉鳖脑袋!唉,我大我妈算是拉在羊皮褥子上啦,想擦洗怕也擦洗不清啦!"

从大水潭洗完衣裳回家的路上,兰兰也真的为阳女子的婚事儿犯上愁肠啦!她一只胳膊挎着装了衣裳的箩筐,另一只手一会儿抬起在自个儿头上抹一下,一会儿又抹一下。

六

阳女子依旧隔三差五来兰兰她们家串门。

兰兰咋看这阳女子和根在咋像天生地配的一双。

可一想到那天在河畔水潭洗衣裳时和阳女子的叨啦,想到阳女子说到的那笔彩礼,想到阳女子对自个儿说出的那番要死不活的话,兰兰的心口就一阵阵儿发紧。

地里的瓜熟了,兰兰吃不出可口,树上的果儿熟了,兰兰也吃不出滋味儿。眼看着田地里的糜子焦梢谷子吊穗儿大地由绿变黄,兰兰的心儿一阵阵发急。

这年年头不错,从打春上以来,老天总是该晴的时候晴,该阴的时候就阴,真真是风调雨顺,河湾村的乡亲们盼来了近年来少有的一个大丰收年,人们不论凑在一块叨啦,或者是在田头地畔乡路上碰头,个个都一副欢天喜地的样子。

不过,兰兰她大她妈,脸上却看不到多少喜色,原因是他们是投亲来的外来户,他们家的好地在河那边,这边只有十来亩靠近南边大沙的荒沙地。这些地一来是浇不上黄河水的旱地,二来他家里没有大牲畜,羊倒有几只,太少,猪子也是一只,太小,耕种时有亲戚和乡邻们帮衬,可地里的粪土不够,土不肥哪能长出好庄嫁来呢!这个缘故,兰兰她大她妈每天看到地里那稀稀拉拉的庄稼,都要骂一回:日他妈妈的小日本!

这天夜里，兰兰奶着儿子睡了一觉醒来，发觉家里还没扇灯，她大在油灯下坐着，一边抽旱烟一边在怔怔地看着甚么。

兰兰从被窝里支着身子问："大，你咋还不睡？"

兰兰大长叹一声："大大睡不着呀，放着好好儿的地不能种！"

兰兰抬起手背揉了揉眼，就看到她大原来是在那儿翻看地契呢！

兰兰心也有些酸，她大本来是个勤快得出名儿的庄稼人，多年省吃俭用，在河那边老家的土默川置下了二三十亩好地，今年本来该有怎样儿的好收成呀！现在，那些地里却只能长荒草！

兰兰无声地躺下，就想起了她大的一个笑话，那还是自个儿没出嫁以前两三年的事儿，那是夏天里的一个大热天，她大本来是有事儿要到萨拉齐镇上去的，已经离家走出村子好远了，却又突然倒转身子跑了回来，去时是走着的，返回来是跑着的，是手按着肚子跑的，这是为甚呢？原来，她大走到半路忽然肚子疼，觉着要拉屎，又不想把这泡屎拉到野地或者拉到别人家的地里，就往回跑，决定一定要把这泡屎拉到自己家的地里。可是他已经走出村子好远，离自己家的地更远，他就捂着肚子尽量快的往回跑，偏又是个少有的大热天，她大就跑得满头大汗，浑身淌水，终于跑回了村子，望到了自己家的地头，她大却肚子疼得实在不行行啦！偏个时候，她大碰到了两个村里的熟人，这两个人闪在道旁，吃惊地看着这个龇牙咧嘴、抱着肚子却又撒腿奔跑着的邻居。问他：这大热天你这是跑甚呢？她大本来已快坚持不住了，哪里还能说话，只好抬起一只手扇扇停也没停地跑过去了，直到终于跨进自己家的庄稼地里，抽开裤带蹲了下去……这事儿当天就叫那两个多嘴的邻居当大笑话传开了，传得好像满世界人都知道了。当时，兰兰觉得她大这事儿做得实在太丢人，不就一泡屎么！闹出这么大的话笑来！特别是有一次，在美岱召看戏，兰兰听到有两个后生指点着自个儿说：是二十四顷地的，就是……就是那个大热天挖蹦子十几里路上跑回去把一泡屎拉在自家地里的人家的闺女……兰兰一下子叫闹了个大红脸,恨不得地上开个缝儿能钻进去,结果,那天她连戏也没看成,回家后还狠狠地和她大吵了一顿。不过,如今兰兰已经成了大人,今天,当她看到她大半夜还不睡觉坐在灯下呆看自己家的地契时,兰兰一下子理解了自己的父亲,理解了一个真正的庄稼人对土地的热爱,对丰收的期待。兰兰也第一次强烈地感到了自己愧对父亲。再从枕头上看坐在灯下的父亲时,兰兰就心酸地鼻子翕动流下泪来。

兰兰也睡不着了,直到父亲终于收了地契扇灯睡去后,兰兰还是睡不着,她心头的那个乱呀,一会儿为父亲,一会儿又想起了阳女子,明明一眼就看出这个俊秀袭人的好女子是和自个儿的弟弟根在对了眼儿,一个想嫁,一个想娶,可……可自个儿这个当姐姐的真真是干着急没办法。兰兰就又恨起这个世道来!

直到河湾村谁家的公鸡第一声打鸣时,兰兰才重又迷糊过去。

兰兰正拿出她妈的针线筐箩要做针线,她大从门外回来了,一进门就有些吃惊地说:"啊呀,这二八月,绣女都下楼,今年收成好,赶了个风调雨顺的好年景,可庄嫁这会儿还在地里,还没归仓,这万一遇上了响雷打闪下冷子,那可就……不然咋就有龙口夺食这句话呢!"

兰兰只好赶忙把手里的针线收了,赶快下地,到院子里拿了镰刀,跟着父亲到她家的地里收秋。

虽说地是沙荒地,可收成还是不错。

兰兰抡起镰刀开始割糜子。地的前头,她大、她妈还有弟弟早就割上了。

一大片糜子,好像没用多大工夫就割完了。兰兰有些累,可父亲说,割完糜子再割谷子。于是,兰兰又跟着家人到了另一块地里,开始割谷子,谷子的穗头足有二尺长……

突然,兰兰听见有人在地头那边急切切地喊她:"兰姐——

兰姐——"

兰兰提着镰刀过去,阳女子在谷地畔的树下站着。

兰兰:"阳女子,这大忙天的,找我有甚事儿呢?"

阳女子叫了声:"兰姐——"就双手捂住脸蹲下去哭了。

兰兰:"我的好妹子,有话你就说呀,这咋甚么也没说就哭上啦!"

阳女子止住哭,双手抹着泪水抬起头来说:"兰姐,我来见你最后一面,咱姐妹二人本来是另家别姓,可咱们有缘,这些天处得真是比亲亲的姐妹还要好,就是可惜时间太短了,我也是今天才知道,人家白家和我大我妈瞒着我早就把办事儿日子定好了,就是大后天,看来,我就是这个命,我在阳间世上的日子就要到头了,我想我大我妈明天肯定不会再让我出门了,这才瞅空跑来,见上兰姐一面,跟兰姐告个别,总算咱姐妹二人没有白交往一回!"

兰兰一听,急得都慌了说:"不是说收完秋才娶的么,这会儿不是还正收割着么,这咋就……"

阳女子冲兰兰凄婉地一笑,说:"瞌睡短不了眼里过,既然老天就这么无情,就给我这个命,那迟和早又有甚不一样呢,也许早比迟更好,这会儿我也全想开啦!"

兰兰脱口说:"这怎么行呢?姐实话说给你哇,姐这些天也正在为你们想办法着呢!"

阳女子:"兰姐你的好心妹子全领了,可不顶事儿,你一个女人家,你们家那状况,又能有甚办法呢,我谁也不会怨,要怨要恨也只怨只恨老天不公!"

兰兰就回头向谷地里边看,就看见根在直着腰在谷地里远远地龇着一口白牙向这边笑。

兰兰的心里像刀戳:傻兄弟呀,你还笑得出来,你就不知道,你心爱的姑娘就要永永远远去啦!

兰兰真是恨不能自己一下子变成二舅讲过的那个神通广大的孙悟空孙猴子，能叫这对小儿女逢凶化吉遇难呈祥遂了他们的心愿！

兰兰知道自个儿只是一个弱女子，头发长见识短的女人……

兰兰只有也蹲下身来，哭了，就和阳女子搂抱在一起，越哭越伤心……

兰兰是叫她妈给硬推醒的。

妈站在炕塄畔下，望着连枕头也哭成了湿片的女儿，问："兰兰，你这里定猛哭甚？哭得这么伤心？"

兰兰一下子坐起身来，睁大一双眼睛看着妈，看着屋内，看着窗外，愣眉怔眼了半天，才吐上一口气来，说："我做了一个梦，一个很不好的梦！"

兰兰妈望着女儿却笑了，说："噢，原来是做了孬梦，不过，梦是反的，梦见孬的事儿，是要遇到好事啦！"

兰兰紧紧地盯住妈："妈，你说的可是真的？"

七

兰兰在秋天的沿河平原上跑着。

兰兰从东而来，向着前边的河畔村跑着。秋天的半后晌，天已凉了，可兰兰还是跑得泼天泼脸都是汗。

进了河畔村，兰兰拐了个小弯，就直向阳女子家而去。

正好阳女子从她家里出来，与兰兰碰了个顶头。

阳女子："兰姐，你这是跑甚咧？"

兰兰煞住了脚，一时间气喘得说不上话来，弯下腰，连双手也支在了自个儿的大腿上。

阳女子晃晃手中的镰刀，说："我大快把我骂死了，嫌我不动弹，不帮他到地里收秋呢！"

兰兰还在弯着腰呼呼喘气。

阳女子凄然一笑:"反正收不收秋,我也再不吃啦,就算真的这会儿来了一疙瘩黑云,响几声硬雷,下了鸡蛋大的冷雹子,把这满地的庄禾都打了,打得根茬不留,也与我阳女子没甚啦……那才好呢,才快意呢!"

兰兰终于提起两只手直起腰来,笑着指责:"阳女子,看你说的这是甚话!"

阳女子:"别人……连亲娘老子也不管我的死活,我为甚还要帮他们收秋,我还有甚的话不能说呢!"

兰兰仍笑着,紧紧看住阳女子,说了声:"阳女子——"

阳女子:"啊呀!兰姐,真的,你这是跑甚咧,蹶气马爬的,就算不怕人家笑话,就不怕跑下疝气来?"

兰兰忽然拧头四下看看,说:"阳女子,快跟姐走!"

阳女子:"跟你走?往哪走?"

兰兰:"咱……咱到河畔上去,那里人少,我……我今天可是有顶顶重要的话……不……是好事儿要告诉你!"

阳女子身子往后一撒:"兰姐,快不要耍戏我啦!我……我还能有甚好事呢!"

兰兰伸手一把抓住阳女子的胳膊,说:"叫你走你就走么,谁有工夫耍戏你呢!"

兰兰就拽着阳女子一只胳膊,急急地向北边不远的黄河畔上而去。

北方历来秋雨多,这阵儿,连这黄河也比春夏时候水大多了,宽阔多了,真是不能辨清对岸的牛马。满河的黄涛浊浪,推拥着直向东南方而去,下游的河面,叫半后晌西斜的阳婆照成白亮亮的一大片。

兰兰她们一到河畔,首先就叫大河面上吹来的风给激了一下,尤其是兰兰,刚刚出过汗,叫河风吹得爽快死啦!

兰兰放开阳女子的胳膊，一屁股就坐在了一棵老柳树下的土塄上。她抬起双手抹了一下自个儿的脸和头发，叹道："这河真宽敞呀！"

阳女子依树而立，说："兰姐，你总不是拉我来这看风景吧？"

兰兰双眼望着大河，东流的大河叫她感到有点眼昏头晕。

阳女子："兰姐，你应我话呀！"

兰兰这才抬头看了眼阳女子，格格笑着说："都说是天无绝人之路，原来，真还是这样儿的！"

阳女子怔怔地看住兰兰，不知道她今天到底是有甚事。

兰兰突然又跳起来，双手把住阳女子的两只肩膀头说："信不信？你……你不用嫁到东柴登滩啦！"

阳女子这回是真的吃惊了，双眼盯住兰兰，嘴唇张了几张，才说："兰姐，你……你说甚？"

兰兰抬起右手，用劲儿在阳女子肩上拍打了一下，又摸了摸阳女子的脸颊，说："我说，你已经不用再愁肠啦，东柴登滩的白家不会来娶你啦！"

阳女子这回听是听清楚了，可她真真地还是不相信，连脸色也瞬间变了，眼里泪也闪了起来说："人家都到这步田地了，兰姐你还……还拿人家开甚玩笑！"

兰兰收住笑，又啧啧了两声，才说："咱们两个谁和谁，我开你玩笑……实话告诉你哇，我亲自出马，到东柴登滩，只用了小半天，就把你的婚给退啦！"

阳女子还是不能相信，说："就你……"

兰兰放开阳女子，挥舞着两只手，兴奋地说："这事儿，不要说是说给你啦，就是说给这全河畔村哪一个人，都不会相信，也许，连鬼也不信，可是，你听着，阳女子，你兰姐就有这么大本事儿，真的，我把你和白家小子的婚给退啦，哄你，我不是人，你可以现在就一把把我揎进黄河里！"

阳女子瞪着兰兰只是嘴动，说不出话来。

兰兰一把把阳女子拉住和自个儿在大柳树下坐下来。

兰兰这才一枝一叶给阳女子讲起这件事儿的原委来。

兰兰："这白家也真算一家精明人家呢，你不待见人家的小子，另有打算，人家也不是不知道，甚么不知道！人家揭底清楚呢，连你打下的灰主意，人家也能猜出个八九分，说是秋后要娶，可人家也心里不托底，怕闹下个人财两空呢。还有，阳女子，你说这事说巧有多巧，你找那对象，人家……他们村有个小寡妇，人家和那小寡妇好上啦，小寡妇家有地，还拴了两挂骡车呢，这真才是……真是瞌睡要枕头，闹了个好！"

阳女子："可是……这也不行呀！"

兰兰："咋？"

阳女子："我大我妈花下人家那些些儿财礼……"

兰兰："开头，这事儿我也是想破脑袋还是没办法，嘿，天无给绝人之路，就是么，前几天，我半夜睡醒来，看见我大坐在灯下抽烟，我开头也奇怪，我大半夜不睡是做甚咧，原来……"

阳女子："兰姐，你赶快往下说么！"

兰兰笑着："急甚么，我说着来呀么！"

兰兰又说："原来我大在灯下翻看我们家在河那边老家的地契呢！"

阳女子："地契？这与我的财礼有甚关系呢！"

兰兰伸手用指头在阳女子的脑门上狠狠杵了一下："茶女子，我们家在河那边，还真是有几十亩好地呢，我就把我大的这地契偷了出来，跑到东柴登滩白家，把你的婚给退啦！"

阳女子吸了几口气："你是说，你用你大的地契，顶了我们家的财礼……把婚退啦！"

兰兰："就是……就是这么回事呀，啊呀，真把我说得也快熬死啦！"

阳女子一下子兴奋起来："这……这，你大要是知道了……"

兰兰："怕甚么？这事由我一个人顶着，再说，那地契是甚么，还不就是几张老黄纸么，地都荒了几年啦，甚时候回去，还牛年马月没日子呢！再说，就算到时候知道了，你也早给他生下孙子啦！"

对阳女子来说，这可真真是做梦也没梦到的大喜事儿，而且，真真是喜从天降。

接下来，是阳女子激动，浑身发抖，说话都抖得说不完整："兰姐……这真……你叫……你叫妹子咋感谢你呢？"

兰兰大声笑着："我是你的姐你是我的亲弟媳妇儿，咱一家人不说两家话么，还有甚感谢不感谢呢！"

阳女子滚到兰兰怀里一阵哭一阵笑，直到太阳快落下去，黄河满河流胭脂时，才总算平静下来。

兰兰舔着有些干的嘴唇，笑着说："阳女子，我今天为你把嘴都快说破了，你倒好，连一口水也不给我喝！"

阳女子一听，跳起来照着河畔的一块玉米地里就跑。

兰兰："你做甚去呀？"

阳女子："夏天锄玉米时，地里碰到一棵西瓜秧，我专门留下，这会儿肯定结出大秋瓜啦，我给你摘去！"

八

对于阳女子与东柴登滩的白家退婚这件事儿，村里的人们虽有些议论，但是都认为阳女子确实与根在有夫妻相，是天设地造的一双，至于究竟是如何退的婚，主导是谁，又谁也不知情，当事儿人家也闭口不说。

在兰兰家，她大她妈知道这是自家这个住娘家的女儿鼓捣下的事儿，可地契一节，兰兰仍保密着，做父母的只是高兴自己的儿子能找下阳女子这样儿的好媳妇。

最高兴的当然还是根在和阳女子。他们终于遂了心头的大愿。他们都把成全他们这段好事儿的这个"兰姐"当成了观音菩萨。

阳女子和根在有些得意忘形，你来我往好像一天也再不能分开。

兰兰他大他妈都认为"鞋大鞋小不能走了样子"，就赶忙请了村里的柳嫂做起了媒人，备彩礼上女家提亲换八字订了婚。

时候就到了这年的冬天。这年冬天奇冷，刚过小雪，黄河就封了冰，接着又下了一场三尺深的大雪，天寒地冻，猫都趴在家里的锅头上不敢出门，狗都挣脱拴它们的绳子要往家里拱。

阳女子和根在两家大人都主张娶娉。柳嫂在两家之间跑了几个来回，就订下了好日子，十一月初六。

本地乡俗，娶媳妇娉闺女都有一大套很是繁琐的礼节，兰兰先说服父母，后鼓动阳女子，主张简办，结果，双方都以时逢乱世，不宜铺排为由，都省去了许多礼节路数。

十一月初六那天小晌午，一抬花娇七八个人，就真的把新媳妇阳女子娶进了家门。

兰兰娘家当然杀了猪宰了羊，请了几十个亲戚朋友来吃喜宴。

好多地方娶媳妇都要请鼓乐班，吹吹打打，准格尔这一带却不同，这里娶媳妇也请红火的，却是动丝弦，闹"坐唱"。就是请一个本地的班子，乐器有胡琴、扬琴、枚（笛子）、三弦，再顶多加上一个梆子，两个男女唱手，就是一个完整的红火班子。

兰兰娘家这回请的是郝维的"红火班子"，几个弄丝弦的围坐在后炕头上，调弦试调一回，就开始"格套"。先奏几个二人台台子曲儿，真正开唱，却是本地有名的蛮汉调：

　　　　满天星宿半切月儿
　　　　什么人留下个唱山曲儿

山曲儿出在山里头
抖它几声解忧愁

山曲儿好比没梁梁斗
装在咱心里出在咱口

山曲儿本是顺口溜
多会儿想唱多会儿有

山曲儿好比牛毛多
三天才唱完个牛耳朵

准格尔地山曲多
唱不完丢到半山坡……

唱完"订音曲儿",就有男女唱手开始了对唱:

拉起胡琴哨起枚
咱二人抖两声二流水

头一回见面有点儿生
管它主生不生唱几声

唱得不好嗓子赖
哪一句唱错多担待

初来这地方有点点生

不知道这地方甚人情

　　人情好坏你不用问
　　喂得个狗子还不咬人……

歌声引起了一阵又一阵的哄笑……

兰兰娘家本来是外来户，房子又孤悬村外的沙头边上，平日里很孤寂，现在，这里却家里、院里、院外都是人，欢声笑语，离得远远就能听到。

家里喜宴已经开始，由于地方小，请来的亲朋依次轮流坐席，有的吃喝，有的看，至于兰兰，今天也特意从头到脚收拾一番，因为长得俊，也惹得好多双眼睛老是盯着她，兰兰大大方方，进进出出招呼人们，端茶倒水，露开空儿，还要跟人开上一句两句玩笑。

红火班子一直在红火着，山曲儿总要唱到男女之情，听：

　　男：烟流上来水流下
　　　　尘世上交朋友天留下

　　女：盘古至今古至今
　　　　谁不想有个心上人

　　男：渡口好过船难扳
　　　　朋友好交张口难

　　女：打井里没水淘一淘
　　　　你不会交朋友学一学……

男：男女交朋友不用教
　　只要两个人心里好

女：咱二人相好不由人
　　金锁子锁不住咱的心……

再看今天的一对新人吧，新郎根在茂茂腾腾的身势，穿了黑色的新棉衣棉裤，头上绾了雪白的新羊肚子毛巾，脚上蹬了一双新牛鼻子鞋，嘴上虽然说话不多，脸上却挂着憨憨的笑。新娘则是一身缎子做的大红棉袄绿棉裤，绣花鞋，昔日的一条大辫子松松地盘起，黑鸦鸦的头发上插了朵大绒花，平日活泼泼的女子，今天倒有些娇羞。低眉顺眼坐在洞房，整个人都像新油漆过似的，几个娃娃围着呼："红油媳妇。"

入夜，喜宴已结坐完，小两口子在洞房花烛之下，吃罢"和会盘"，喝罢"交杯酒"，年轻人们就开始了闹洞房。

这厢边，红火班子则红火得像一锅烧开了的滚水，请来的唱手早已不见，这会儿，是村民中间推出一些能歌善唱的人在唱，男的是主人家在这边亲家的一个男子，女的是村里的一个小媳妇，两人正对唱"掏牙句子"：

男：你家声的门子不能串
　　大狗叫来小狗子唤

女：大狗叫来我给你看
　　小狗叫来喂上点饭

男：一看见酸枣我就牙痒啦
　　一看见妹妹我就瞎想啦

女：我妈妈生我众人爱
　　看在你眼里是你的害……

男：想啃骨头怕油沾手
　　想交两天亲亲怕鬼剃头

女：为人上世没个心上人
　　哪天死了还不能进祖坟……

山曲儿坐唱唱得天上的星星稀。

再看这厢，一帮听门的"轰"地一声从洞房窗下四散跑开，个个笑得都要岔了气撒了牙。

一个学着新娘的语调："……啊呀，你倒会咧？"

另一个学着新郎的腔："你不会！那你咋倒躺下啦？"

九

鬼子是半后晌进村的。

初七这天，天气有些异样儿，冷倒不冷，可一大早起来，就起了雪雾，天地一片白茫茫的，瞭不出百步远，直到吃过晌午饭，人们还没看见阳婆，却突然看见了鬼子，鬼子的汽车。

这些鬼子是乘着驻守附近的挺进军西调，配合傅作义将军打包头，这一段河防空虚，就开着汽车，从已经冻结实了的黄河上过来了。

河湾村的村民猝不及防，不过，他们早已知道了这些东洋鬼子是没有多少人性的，他们来了，绝不会干什么好事儿。于是，凡长腿能跑的，一下子都跑了，像被狼惊了的羊群，一下炸开，四散而逃。

这回来的鬼子也怪,并没有放上几枪,弄出响雷打闪的多么大的响动,只是开着汽车绕着村子东西南北地转,车上都站着日本兵,也不下来,只有一部分端着上了明晃晃刺刀的枪,破门踏户,一个劲儿地抢东西,见到甚么抢甚么,拿甚么,老乡们逃跑时来不及牵走的牛、驴、骡、马、猪、羊,连落窝的一只老母鸡也不放过,三四个人围着撅起屁股往住逮呢!

至于人,跑了的就跑了,鬼子好像也没有意思咋么去追,有两个反抗的叫用刺刀捅了,剩下的男人们被赶到了一个院子里,锁了大门,另留两个小鬼子在门上把着。一些年轻的闺女媳妇儿,那可就遭殃了,听听这家那户里传出她们杀猪也似的吼叫,也就知道她们遇上什么事了。

鬼子闯进河湾村里遭害了小半天,在天黑前就又突然"哗啦"一声撤了,依旧辗着来时辗下的车辙,从冰封的黄河上回河北边的据点去了。回去时带走了不少大小牲畜、粮食,为首的鬼子队长强奸了三个女子,样子像一个得手了的强盗。

圈在一户人家的人们首先发觉鬼子走了,从墙内爬出来,砸开了门锁,大家刚出来,就又看见一辆鬼子的汽车在村南头绕着,车上站满了鬼子兵。人们有些疑惑,鬼子原来还没走,于是,逮了个空儿,人们又顺着房后的一片树林,赶紧逃走了。

原来,鬼子大部分是撤回去了,可还有一小部分,确切地说,是一汽车鬼子,没走。

这部分鬼子闯到了村子的最东南头,闯进了孤悬村外的兰兰娘家。

正因为孤悬村外,独门独户,所以兰兰娘家一家人,是全村最晚才知道鬼子来了的,知道时已经晚了,一个鬼子小头目领着两个鬼子兵从汽车上跳下来,直闯进院子,这一家老少六口全叫堵在了家里。

这个鬼子小头目不知官级咋么称，长相却跟头干瘦叫驴差不多，他一进院子，就看着贴在黄泥小屋门上的大红喜联，还有洞房窗户上的窗花和大红喜字，频频地点头，龇着两颗黄板牙嘿嘿地笑着。

继而，干叫驴鬼子下令先将家里仅有的三个男人，除了炕上那个吃奶的娃娃，用一根绳子结结实实地绑在了西边屋子里的一根房柱上。另一个小鬼子兵跑过去，连灶台上的一把菜刀也收了起来。

干叫驴鬼子立在当地，望着兰兰和阳女子两个，眼睛珠子也快要跌出来了。

干叫驴伸出一只手，竖着大拇指，"哟西"地叫了声，说出一句中国话来："支那美人，这是我来支那，见到的最美丽的女人，漂亮，大大的漂亮！"

另外两个小鬼子也嬉皮笑脸地叫着："哟西，大大的漂亮，大大的美人！"

兰兰母亲像一只老母鸡，奓开膀子，将女儿和儿媳两个紧紧地搂在自个儿的怀里。娘三个缩在后墙角，三双惊恐的眼。

干叫驴鬼子突然抽开了鼻子，抽了好几下，就看见了灶台那边，放在案板上的猪肉，还有白菜、粉条、土豆，还有一屉蒸得好好的大白面馒头。

干叫驴鬼子"嘎嘎"地笑了几声，回头对两个鬼子兵呜哩哇啦地说了一通日本话，三个鬼子一齐大笑。

矮胖的鬼子兵突然把刺刀指到了那边娘仨的面前，叫："松井君说了，你们，做饭的干活，我们——"

就在这时，外边一阵汽车的马达响，又有一个看上去年纪很小的娃娃日本兵跑步进来，给干叫驴鬼子敬了一个礼，说了几句听不懂的日本话。

干叫驴鬼子命令："你们，继续在外，巡逻的干活！"

娃娃日本兵扫了一眼兰兰和阳女子，转身走时，又看了眼灶台上的吃食，叭哒叭哒跑出去了。

汽车从大门外开过去，兰兰她们看见车上还有十来个日本兵。

矮胖鬼子兵接着说："皇军要米西米西。"说着，又腾出一只手在嘴上比划比划，用半生不熟的中国话说："你们，马上的做饭，快快的！"

娘仨开头都没动，像甚么也没听见似的。

干叫驴鬼子就火了，"唰"地抽出半截军刀来。

兰兰一下子从娘的怀里挣了出来，往前跨了一步，平静地说："要做，我给你们做！"

干叫驴鬼子这才又将军刀推进了刀鞘，看着兰兰，鸭子似的干笑了一声，说："你的，大大的好，良民！"

兰兰站在那儿。

另一个高个子鬼子兵又把刺刀逼到了兰兰的胸上。

矮胖鬼子叫："你的，为什么？动手的干活！"

兰兰这才摊了下双手，说："你们，叫我拿什么做饭呀？"

矮胖鬼子看干叫驴鬼子，干叫驴鬼子点了点头，矮胖小鬼子才把刚才收走的菜刀从腰带上拿下来，交给兰兰。

兰兰接过菜刀，矮胖小鬼子往后闪开，端起枪来，用刺刀逼着兰兰。

兰兰手握菜刀，回头先看了看绑在柱子上的父亲和弟弟，又看看阳女子和母亲，抬起一只手掠了掠额上的头发，从容地走到了灶台边。

矮胖小鬼子又一把将阳女子也扯了出来，命令："你的，给皇军，烧水的干活，我们喝开水，喝水的要！"

兰兰妈抢过来说："你们要喝水，我老婆子给你们烧！"

大个子日本兵伸手就将兰兰妈推到了后墙上。

兰兰："妈，就叫弟妹和我给他们做饭，你就乖乖在那儿呆着吧!"

十

　　一开头,兰兰也确实叫懵懂住了,她不明白,伊盟这边不是已经是后方了么?这咋也来了日本鬼子?再说,不是还隔着黄河么?有中国军队把守着么?可是马上她就明白过来,这里虽说是后方,可还是后方的前线呀,不是隔三差五能听到大河上下的枪炮声么?至于黄河,黄河冬天里可是要结冰封河的,像今年结了那么厚的冰,那河还不是成了平地,日本鬼子不就一会会儿就能过来,还有,住在东边的挺进军这几天不是向西开拔了,听说东边有战事么!那么,这日本鬼子一定是乘着这边防守有了空就突然开过来了。

　　兰兰一边清理炉灶,准备生火,一边在脑子里这么想着。想到这儿,她就更加心慌意乱了,这日本鬼子,别人不知道,她可是亲眼见识过,他们可是甚么事儿也能办出来的,根本就不能把他们当人看。兰兰又想起了马兰滩打谷场上十四名抗属的血糊糊的尸体,想起了大青山口的被活剐的两个人,还有大青山里的大火……

　　兰兰实在是不敢再往下想了。她回头看看,今天这场面,父亲和弟弟被捆在柱子上,娃娃还在炕上睡着,妈妈缩在后炕角上,阳女子站在自个儿的身边不知所措的样子。再看看这三个闯进家来的鬼子,兰兰知道今天家里是绝不会有甚么好事啦!

　　兰兰用火剪捅了会炉腔,就觉得今天自个儿无论如何,得有主意,得稳住,不管咋说,全家人里只有自个儿是从河北边敌占区来的,几年来就像钟鼓楼里的雀叫惊吓出来啦,对日本鬼子的认识也要比他们谁都多。

　　兰兰转回身对鬼子说:"给你们烧火做饭,得先到外边抱柴禾呢！"

干叫驴鬼子听了，回答说："可以！"

兰兰就用劲儿推了把身边的阳女子，说："你快走！"

兰兰还特地向阳女子做了一下暗示，示意她逮空先逃。

阳女子刚拉开门，矮胖小鬼子就端着枪跟上去了。

阳女子到了院子外边的柴禾垛上抱了一抱柴回来了。

兰兰一看，知道阳女子跑不脱，不过，这个弟媳也真精呢，虚拢乍唬的一抱柴禾，一会儿还得出去。

兰兰烧上火，又对阳女子说："你看看水瓮里有水没有啦，没水，咋给皇军们烧开水呢，还得去挑水！"

阳女子走到一边的水瓮前，一看，水瓮里水满满当当，摘下挂在水瓮沿上的铜瓢，勺了一瓢过来倒在大锅里。

兰兰看也不用看，就知道咋回事儿，就对阳女子说："你可是找了个勤快人！"

精明的阳女子已经听出了兰兰的意思，知道兰兰是想让她设法逃跑。可是，自个儿进了陈家的门，就是陈家的人，如今，全家大小都落在了鬼子手里，不知结果如何，自个儿就是真的有机可乘，又咋好就管自个儿先逃了呢！再说，就算自个儿真的逃了，那还不更惹恼这几个日本鬼子么！他们肯定会在留下几个人身上出气，那真是，自个儿成了罪人！阳女子这么想，索性也不怕了，打定决心与全家人在一起！

阳女子也对兰兰说话了："兰姐，我阳女子就算在这家里的炕上站了一黑夜，我也就是这陈家的人，陈家的媳妇！"

兰兰也听出了阳女子这话的意思。知道阳女子不肯跑，就不由得骂了一声："你真是个苶女子！"

阳女子一听笑了说："这个时候才知道我苶，后悔也不顶事啦！"

兰兰装出一副严厉的样子说："别忘了，我可是你的姐姐呀！"

阳女子明白这是兰兰叫她听话,她领了当姐姐的好意,可她实在是不能听她的话自个儿撇下众人跑了,再说,这些鬼子紧紧地盯着,能跑得脱么?

兰兰一边往炉膛里填柴禾,一边对阳女子说:"还得出去抱柴禾。"

阳女子对干叫驴鬼子说:"我姐说了,柴禾不够,我还得出去!"

干叫驴鬼子:"那,你的,出去!"

阳女子一出门,矮胖小鬼子就又端着枪紧跟上。

兰兰这才明白,这几个鬼子还真是鬼子,比鬼还精呢!

兰兰一时想不出更好的办法,就打定主意,猛烧柴,锅里的水眼看就要开了,她就操起铜瓢舀凉水加进去,嘴里还说阳女子:"就这么一点点水,哪够皇军们喝!"

兰兰叫阳女子出去抱了三回柴禾,回回都有鬼子跟着。

兰兰就又心下急了,她一急鬼子太精,一点儿空也不漏,二急阳女子不听自个儿的话,不配合。

三抱柴禾还没烧开一锅开水,干头叫驴鬼子就不高兴了,就从坐着的炕塄畔上呼地站起来,指着兰兰说:"你的,大大的狡猾,你的,想让她的,逃跑的不是?"

兰兰一看这个老鬼子看穿了自个儿的心思,一下子有些慌,明白自个儿刚才的主意并不高明,也确确实实是有些低估了鬼子啦,不过,她还是马上就镇定下来,笑着对老鬼子说:"我一个妇道人家,哪有什么狡猾,明明是这柴禾火力不大,不经烧么!"

她又让阳女子出去抱柴,矮胖鬼子还是紧跟不舍。

兰兰索性也说:"不行,我也出去再抱一捆,省得皇军不相信我们!"

兰兰出门,干叫驴鬼子就示意那个大个子鬼子也跟出来。

兰兰一出大门,看见外边的汽车,正呜呜响着,从东边的滩那边开了过来，汽车的后边，扬起一泡黄尘。

兰兰在弯腰抱柴禾时仔细再看，啊呀，汽车上边是满满一车鬼子兵！

兰兰倒抽一口冷气。

兰兰抱上柴禾直起腰来时，看见那个大个子鬼子正看着她笑。

十一

兰兰从外边再回到家里，她真的就有些绝望。

家里是三个鬼子，外边还有一汽车鬼子，不要说两个大男人还叫绑着，就是全放开，赤手空拳的能叫他们咋？自个儿刚才想让阳女子先逑空跑掉，看来也是瞎想，何况已叫那个老鬼子看出来啦！不过，就这么听天由命，兰兰却绝对不甘心，她就又想起了二舅，前次二舅领自个儿进大青山，那事儿玄乎不玄乎，危险不危险？真可以说那每走一步都是闯鬼门关呢，可是结果咋样儿？二舅不是都领着自个儿一道一道都给硬闯过来了么！最后，自个儿和二舅还不是都遂了心愿，把娃娃给怀上了么！虽然二舅最后没能活着下山，可是，二舅到死，还不是捉了那么多鬼子做了垫背！

兰兰想到这儿，突然心上一阵忽闪闪的，她是真真的又想二舅啦！谁说二舅胆小，自打那一回进山，兰兰心里，二舅才不是个胆小的人呢，岂止不胆小，还是一个胆大又顶顶聪明的人呢，遇了那么多难关，就是难不住二舅，就单说最后吧，自个儿和石柱都叫鬼子给捉住了，二舅当时还不是一个单膀孤人，也不是赤手空拳？人家二舅咋就能想出办法来，又救出了人，又烧死那么多仇人？

兰兰心想，要是二舅还活着，那有多好！

要是二舅今天也在这儿，二舅肯定会有甚么好办法，能把这一家老小平平安安都救出去！保证人人连寒毛也不会伤了一根！

兰兰就又恨起自个儿来，恨自己头发长见识短，恨自个儿长了个瞎脑子，就说刚才，还自以为聪明呢，想让阳女子逃呢，又是柴又是水的，不是甚事儿也没顶，还给那个老鬼子一眼就看出来啦！嘿，那么多人都说兰兰漂亮呢，光漂亮顶甚用，人关键还是要看有没有长脑子，不长脑子光漂亮有甚么用，真是像有一句话说的，脑袋再长得好，也只能捉鳖，就是个捉鳖脑袋！

兰兰自怨自艾了一番，大锅里的水终于烧开了，她只好叫阳女子舀了几碗，给仇敌鬼子端过去。

那个干叫驴鬼子今天的样子好像很是得意，本来是瞅空过河打劫一把，谁知却能在这山野草地、泥棚草舍里捉住这么两个年轻美貌的女人，还有案板上的猪肉、馒头等美食。

老鬼子这会确实在想，叫这么两个美人伺候着，一会儿先吃她们亲手做的美食，然后……老鬼子不禁嘿嘿地笑出声来……

老鬼子这一笑，也让兰兰一下子看穿了那老鬼子的心思。

就在这时，一直在炕上熟睡的儿子青山醒来了，张嘴就哭了起来。

兰兰丢开了手头的柴禾，扑到炕边，却叫大个子鬼子给挡住了。

兰兰："娃娃哭了，也不能看看？"

干叫驴老鬼子说话了："孩子，喂奶的干活，可以，大大的可以！"

大个子鬼子才闪开。

兰兰趴上炕，抱起儿子，儿子确实是饿了，要吃奶，小嘴直往兰兰的怀里拱。

兰兰手抓住衣襟，却停下了，她抬头一看，那老鬼子，还有另两个小鬼都在看她，看她的怀里，兰兰知道这些牲口绝不是看娃娃，他们要看什么傻子也知道，兰兰冷冷地扫了他们一眼，口里好像还哼了一声,一拧身面向窗台那边的死角,开始给儿子喂奶。

小青山花骨朵似的小嘴,叼住母亲的奶头,就开始啧啧有声地吸吮了起来。

矮胖小鬼子一下子端起带刺刀的长枪就指向兰兰。

干叫驴鬼子厉声吼住了:"八格!你的,大日本军人的不是!"

矮胖小鬼子赶忙收起枪,往后一退,向老鬼子来了个立正,弯腰,随后又举起自个儿的右手,"啪啪"地扇了自个儿好几个耳光。

干叫驴老鬼子这才挥了挥手,小鬼子退到一边。

兰兰静静地盘腿坐在炕上给儿子喂奶,小青山的吸吮让她心里油然生长一种做母亲的庄严感觉。她觉得自个儿刚才的那番自怨自艾不对,不说别的,光就是为了儿子,她也不能泄气,不能听天由命,更不能让这三个鬼子来任意摆弄。她要尽快想出办法来,哪怕是把脑袋想破,也一定要想出一个好的办法来,让儿子脱离危险,让父亲母亲,还有弟弟弟媳脱离危险,更不能让鬼子的如意算盘得逞,就是死了,也不能让这些牲口们污了自己和弟媳阳女子的身子。让儿子小青山将来就是长大了,提起他的母亲来也为他有一个好母亲而自豪!而扬眉吐气!绝不是羞耻!自个儿今天一定要学二舅,就算送了性命,也要保护好儿子和亲人!

兰兰终于决心如铁。她喂饱了小青山,就将儿子过去交给吓得几乎呆了的母亲,自个儿拍拍衣襟,走到炉台前挽起袖子开始和阳女子一齐做饭。

兰兰知道,这些鬼子显然是饿极了,他们首先是要吃饭,只要吃过饭,他们就会一刻刻也不等,对自个儿和阳女子下手,说不定还会杀人,就算他们今天不杀人,那么,强奸是一定会的,这是铁板钉钉子的事儿,用不着有一星半点儿的怀疑,是狼吃羊没商量的事儿!

兰兰让阳女子在一边削山药皮,自己操着菜刀切猪肉。

兰兰知道,自个儿现在首先要做的是把这几个鬼子给稳住,然后慢慢做饭,一定要在做饭时想出办法,一定要在鬼子们吃好饭之前想出一个好办法来!一定!绝不能没办法!绝不能!而且,她突然无端地相信,自个儿今天一定能想出办法来,而且还是个好办法!人家二舅能想出好办法来,自个儿为甚就不能?活人总不能叫尿憋死!

兰兰为稳住鬼子,让他们放松警惕,故意做出一副轻松而驯服的样子。

兰兰问:"这到底该给你们做多少人的饭?"

老鬼子怔了怔,忙回答:"我们,三个,不,不,做四个人的饭,皇军,饭量大大的,少的,不行!"

就在这时,开汽车的小日本兵从外边停下车跑回来,向老鬼子立正,弯腰,呜哩哇啦说了一通日本话。

老鬼子好像有些不高兴,可还是耐住了性子,指指放在炕沿边上的瓷碗。

小鬼子端起碗就喝。

兰兰急忙放下切菜刀,主动过去,说:"外边天冷,这位皇军一定很辛苦,来,我给你倒碗热水!"

小鬼子接过热水碗,很感谢的样子,竟然还向兰兰鞠了一个躬,嘴里说了一句甚么,虽然不能听懂,但肯定是感谢的意思。

兰兰有些稀罕,日本鬼子里还有有点儿人性,懂点礼貌的?

小日本喝过水,看看炉台上正在做的饭,细细的长脖子上的喉节上下滑动了几下,又咕咕地咽了几口水!

老鬼子厉声说了几句日本话,小日本又赶忙立正,弯腰,向后转,跑步出去了。

兰兰明白,鬼子兵里,原来也是当官的欺负当兵的。

兰兰再拿起刀来切猪肉时,突然心里升起了一个疑问来:外边明明还有那么满满一汽车的兵,为甚么老鬼子却叫她只做四个人的饭?真的,既然来了这么多人,又为甚单就这三个闯进家来,别的为甚么都连汽车也不下,也不再进来,进来几回,也都是那个小日本兵?还有,他们饿成那样儿,为甚又只教她做四个人的饭,那汽车上那些人呢!既是一起来的,他们不饿?为甚不给他们吃?要不吃都不吃,为甚又偏还给那个小鬼子兵吃?

兰兰想了半天,本来很会做饭的她,竟然让菜刀把自个儿的左手中指头给切了一下,好在只破了点皮,没有流多少血。

兰兰又想了回刚才想的问题,可是咋也想不清,闹不清楚这些鬼子今天究竟是咋的一回事!

猪肉切好了,阳女子的山药也削好了。兰兰寻了个黑瓷盆,舀了后锅的一点水,又加了一大瓢冷水,开始洗山药。

突然,她看着后锅里的一大锅翻滚冒泡的开水手停住不动了。

阳女子一下子就看出了兰兰姐的心思,赶忙又拿了个瓷盆子过来,低声说:"兰姐,把水舀进盆里是吧?"

兰兰:"对,对,舀到盆里,腾锅炒肉!"

这时,三个日本鬼子突然又用日本话说起什么来。

乘这机会,兰兰用胳膊肘碰了下阳女子,说了一句:"滚水可烫人呢!"

阳女子赶忙向兰兰使了个眼色,表示会意。

可是开水舀出来了,舀到了两个盆里,剩下的还舀了多半铜瓢。

兰兰和阳女子都装做不经意地,借转身拿东西的空儿,向三个鬼子看了好几眼,还向捆绑在柱子那儿,嘴里塞了破布头的父子俩看了眼。

那父子俩也感觉到她们不知要往出做甚么事儿。

因了兰兰和阳女子这两个美女,室内的气氛这会儿也和缓了许多,三个日本鬼子果然放松了警惕,那两个小日本手里的带刺刀的长枪,这会儿也挨着墙放下了,三个鬼子正扎成一堆,用日本话说着什么。

阳女子早已急不可耐了,也用手碰碰兰兰,用眼睛询问:"干吗?"

兰兰咬了咬嘴唇,吸了一口气,看看炉台上满满两瓷盆爆开水,还有另外一铜瓢,伸手将切菜刀往案板沿上放了放,又从锅后边将擀面杖放到了阳女子那边。

阳女子就要往起端水。

这时,三个日本鬼子突然大笑不止。

兰兰心里惊了一下,回头看,鬼子并没有看她们。

兰兰才轻轻吐了口气,又仄起耳朵听听外边的动静。

外边又响过一阵汽车的呜呜声。

兰兰肩头抖了一下,看着阳女子摇摇头,又压低声说:"不行!"

十二

肉已下了锅。

看来,这些日本鬼子也馋,或者他们也很长一段时间没吃过肉啦!不然,咋么一闻到炒肉的香味儿,个个都露出那副馋相!三个鬼子,包括那个老鬼子,每个人都跳起来跑到炉台前,伸头搐鼻地看了一回锅里的肉。

兰兰却还在暗里发急,刚才自己和阳女子想乘鬼子不备,用爆开水猛浇他们的头脸,再用菜刀擀面杖打,利用他们措不及防、眼睛一时看不见时,一个赶快抢了墙角的长枪,另一个用刀子割断捆绑父亲和弟弟的绳子,然后大家一齐逃走,不能说不是个主意,可是,实在还算不上个好主意,主要是外边,外边那一汽车日本鬼子发觉了,下来咋办?再加上现在阳婆还没落,能跑得了吗？正因了这些，兰兰才又制止了阳女子，事关一家老小六口人的性命，一点儿闪失也出不起呀！那，现在饭马上就要熟了，日本鬼子只要吃饱了饭，还会这么仁义么？可得立马往出想一个新的办法，可到底甚么才是最好的办法呀？

兰兰外表虽然竭力装着平静，可心下真可谓是在如滚油煎心啊！

突然，兰兰看到供灶王爷的壁龛下边的一个东西，她的心里电光火石般瞬间闪亮了。她终于又想到一个新的办法啦！

灶王爷下边那是个甚么东西呢？……哈哈，酒壶呀！酒壶里不是差不多还有满满一壶烈性的烧酒呢，那是为弟弟的婚礼多备下的。

兰兰可知道，这日本鬼子大多爱喝酒，而且喝上了，就不要命，一定要喝到东倒西歪，跌倒滚囤。那，咱就给他们上酒呀！那酒可烈啦，昨天两壶酒喝倒了多少人，不信，还放不倒这三个馋嘴鬼子！

兰兰突然拖长声："啊呀！"叫了一声。

家里所有的人，眼睛都盯在了兰兰的身上。

兰兰先是"啪啪"地拍了两下手，装出一副主人招待客人不周的神情，脸上还歉意地笑着，大声说："看看，这半天都让几位皇军干坐着喝白水，我咋就忘啦，咱家还有酒呀，该让几位皇军喝喝我家的喜酒呀！"

三个日本鬼子一瞬瞬就听明白了，就大嚷大叫起来："酒？你家有酒？哟西，大大的好！哟西！"

兰兰一探身，就把那个颇大的酒壶给拿了起来。

阳女子这会儿好像也反应过来了，赶忙将一个吃饭用的小炕桌搬到炕上，还用抹布仔细抹了一回。

三个日本鬼子这回真是喜出望外，干叫驴老鬼子第一个就上了炕，连自个身上的军刀、手枪都卸在了一边，另两个鬼子也上炕了。

让兰兰他们感到有些纳罕的是,这些日本鬼子都很会坐炕,看他们盘腿坐炕那样子,比本地老乡们还要地道,大概日本人在他们老家那里也是都天天盘腿坐的。

兰兰手脚麻利地弄了两个下酒的菜,一碟花生米,一碟腌咸菜,还有头天喜宴上剩下来的一点猪头肉,又喊阳女子寻出了三只小瓷酒杯。

兰兰站在地下看着三个鬼子,笑着说:"那你们就先喝酒吧,我去做饭啦!"

鬼子就喝上啦!

兰兰走到灶台前,抬头向窗外望了望,阳婆好像已经落了,那么,天马上也就要黑下来。

就在这时,兰兰突然捂住肚子那儿说:"跟你们打个招呼,我要出去上茅房!"

老鬼子端着酒杯抬起头问:"你,你要什么的干活?"

兰兰:"上茅房!"

矮胖小鬼子接口说:"她是要出去上厕所,支那人,厕所叫茅房,她的,小便的干活!"

老鬼子怔了怔,看着兰兰只是不说话。

矮胖小鬼子:"我的,跟着她去!"

矮胖小鬼子说着就跳下地来,要过去拿枪。

兰兰笑了下,说:"你们,还是不放心,不相信我,怕我跑掉么?外边不是还有你们的人,再说——"

兰兰抬手指了下母亲怀里的儿子,说:"我还有这么小的孩子,我会丢下他,管自个儿逃跑么?"

矮胖小鬼子嬉笑一下,说:"我愿意,跟你去的!"

兰兰:"你愿意,可我不好意思呀,这哪有女人上茅房,后边跟着一个大男人的!"

老鬼子一听兰兰这话，先爆出了两声干笑，继而，就开始骂那矮胖小鬼子，先用日本话，接着是中国话："你的，居心不良的！"

老鬼子对兰兰摆摆手，意思是他允许了。

兰兰开门出来，禁不住"扑哧"一声笑了出来，又赶忙掩了嘴，这小鬼子也省得吃醋呢！

兰兰出了大门，一眼就看见停在东南不远的日本汽车。

兰兰眯起眼睛细看，汽车上还是站着好几个日本兵。不过，这会儿汽车那边静静的，车上的日本兵也一动不动，也不叫喊。

兰兰心头的那个疑问又一下子升上来了，这汽车上的日本兵为甚就是不下汽车，汽车在外边转着时他们不下来那是说得通的，可这会儿汽车不是停下了么？他们咋还呆在车上？再说，天气这么冷，他们就都那么在车上，不早就冻僵了么！另外，那个小日本兵这会儿也在车上站着么？为甚跑回家两次，都又赶快跑走了，那个老日本鬼子又为甚不叫他也呆在屋里？为甚那三个鬼子一来了就闯进家里不动了，要吃要喝的，现在还喝上酒了？对了，还有自个儿不是问过那老鬼子到底要做多少人的饭么，老鬼子为甚么只让她做四个人的饭，那车上的这些鬼子就不渴不饿么？

兰兰慢慢走到沙柳扎成的茅房里，小解了一回，就又出来，她真的觉得外边这汽车上的鬼子今天来得很蹊跷，真是让人想破脑袋也想不明白。

兰兰从茅房出来，明白自个儿既然一个人出来，就必须得弄清汽车上鬼子的事儿，再怕是没机会啦，再说，自个儿还得马上回去，不然，里边的那三个鬼子一定要起疑心的！

兰兰想到这儿，就向自家院子里看了看，并没鬼子出来，再向村子里望，由于天已黑下来，已经不能看清，她也不能弄清今天这鬼子到底来了多少，这会儿还是不是在村里，另外村里别的人家这会儿又是甚么情形？

兰兰咬咬牙，就下定决心，非得马上把汽车上的事情搞个清楚，不管是好是坏！

兰兰就迈开腿，从从容容向日本汽车走去。

兰兰想，万一他们问她，她就说，她来找那个回过屋里的日本小兵，叫他回屋里去吃饭！万一，屋里的鬼子这会儿出来，她也就这么说，老鬼子不是叫她做四个人的饭么！

兰兰越走近汽车，越是奇怪，这汽车上的日本兵咋一个个木偶一般，一动不动，看见她过来，也没有任何反应？

兰兰终于停下了脚步，汽车上的鬼子兵是没有丁点儿反应。兰兰心中越是疑惑了。

兰兰再次回头向院子那边看了一回，还是没人。

兰兰心都快提到嗓子眼了，硬着头皮再走，就走到了汽车下。

兰兰先开口："里边的皇军叫那个小皇军去吃饭呢！"

车上那么多鬼子仍然没有任何反应。

兰兰睁大眼睛细看，这一看不要紧，比看见鬼还吃惊，她一眼看出来，这日本汽车上站着的，原来是几个假人，一看就不是真人！

兰兰绕着汽车后车厢转了半圈，终于看清，上边站的确实不是真日本鬼子，是一些装扮得像日本鬼子的假人，就是假人！只要靠近了看，那是连猴娃娃也哄不了的，就是一些外边穿了衣裳的木偶人！

兰兰不禁有些失笑，这时她才突然想到：那也不能尽是假的呀！那个回屋里喝过水的小日本兵呢？

兰兰又仔细看了一回，车上七八个都是假的，最后，兰兰跑到汽车的前头，前头有个小房子，兰兰趴上去向里一看，那个小日本兵就在里边，拥着一件屎黄色的皮大衣，歪着脑袋正睡着呢，还能听到他呼噜呼噜打鼾的声音。

兰兰胆子就大了，轻轻地踩着车上的铁板，扳着车上的木栏，伸上手去在一个假鬼子胳膊上摸了下，假人当然不会有甚么反应，兰兰索性就又伸手用劲儿捏了一把,结果她的手触到处,冷冰冰、软绵绵的,原来,这些假鬼子就是做皮球的橡皮做的!

兰兰轻轻地从踏板上下来,又向前边睡觉的小日本看了回,就快步离开汽车,往回走。

回家的路上,兰兰一下子就想起了夏秋老乡们插在庄稼地里的那些草人。

稻草人是吓雀儿的,那这些假橡皮日本兵呢?

十三

兰兰推开双扇门跨进家里时,就不再觉得闯进家来的这三个鬼子有甚么可怕啦!

鬼子见兰兰回来了,也就放了心,每人端了一只酒杯,放心地喝酒。

阳女子仍站在锅台边,手里拿着铁铲一边翻着大锅里的肉,一边看着兰兰,低声说了句:"再不出锅,就要糊啦!"

兰兰突口就说:"熟了,那就赶快给皇军上呀!"

阳女子有些疑惑地看着兰兰。

兰兰夺过阳女子手里的铲子,就将大锅里做好了的猪肉粉条山药"噌噌"地铲进了一个瓷盆里,亲自端着过去放到了小饭桌上。

早就等不上肉熟的三个鬼子也怪,喝酒喝上劲儿啦,肉上来,每人只吃了一两口,就又接着喝酒。

那个老鬼子显然已经有几分醉意,手抓着吃了一块肥猪肉,津津有味儿地嚼着,一口咽下,连声叫:"哟西——"

另两个鬼子也在叫:"哟西——哟西——"

看来,他们早已将等在外边汽车上的那个小日本兵给忘到爪哇国去了。

这时,天已完全黑下来了,屋里也点上了灯。兰兰不知这灯是阳女子主动给点的还是鬼子命令点的。不过,这些都不重要了,兰兰已打定主意要对这些仇敌先下手了。

兰兰把原来准备下的两盆滚开水(这会儿早凉了),哗哗地重又倒在腾空了的后锅里,也不再请示老鬼子,向阳女子下令:"出去抱柴!"

阳女子会意,赶紧跑出去抱回了一大捆柴。

兰兰往炉膛里一大把一大把地添柴。

兰兰不时抬脸看着炕上的三个鬼子,心下感慨:鬼子鬼子,真还是一点儿也没叫错!还学会用草人吓雀儿这一招呢,明明只有三个人,加上外边汽车里睡觉的那个四个,却拉了一汽车的假橡皮人来吓唬老百姓呢!这简直是,简直就是像二舅活着时讲过的三国故事里,诸葛孔明在摆空城计么,学着我们中国人的计谋来吓唬中国人呢!以前还听说,日本人连他们的文字,都是借我们中国人的汉字才造出来的。原来,这小日本也没甚真正了不起的么!

想到这儿,兰兰就又有些后悔,后悔自个儿今天胆小,也后悔自个儿咋就没早早看出这些鬼子的把戏,若要是遇给二舅,二舅肯定早就识破了鬼子们的这鬼把戏,收拾他们了,何必像自个儿,胆战心惊不说,还把那么好的猪肉、酒叫鬼子吃了喝了,就是喂给狗,也不能喂给这些死仇敌人呀!

趁着鬼子呜哇乱叫,兰兰低声告诉阳女子:"咱上当啦!外边汽车上拉的全是假人,橡皮人!"

兰兰怕阳女子不懂,又加了一句:"就像咱地里吓雀的草人!"

这回,该着阳女子吃惊啦!

兰兰:"再抱一捆柴回来!"

阳女子就再出去抱柴,要进门时,兰兰假装在门口接,压低声飞快地向阳女子安顿:"一会儿我去把他们哄住,你眼疾手快把捆大大和根在的绳子割断!"

大锅里的水就又冒起了直冲屋顶的热气。这时,那个老鬼子不知是不是已经喝醉了,突然扯着公鸭似的嗓子唱起日本歌来,他们唱的是日本歌曲《荒城之月》:

> 春日高楼明月夜,盛宴在华堂。
> 杯觥人影相交错,美酒泛流光。
> ……

兰兰他们当然一句也听不懂,有一种听鬼哭的感觉。

> 云烟过眼朝复暮,残梦已渺茫。
> 今宵荒城明月光,照我独彷徨!

三个鬼子唱着,唱着唱着好像就有人真的哭了。

兰兰抓起削山药皮的小刀子往阳女子手里一递,向地下柱子上捆着的父子俩那示意了一下,就换上了一张笑脸,向炕边上走去。

兰兰:"听了皇军们唱,真好听,我也爱唱个曲儿,来,我给皇军们也唱上两声吧!"

兰兰张口就唱了起来:

> 三十三棵荞麦九十九道棱
> 再好的媳妇是人家的人
>
> 人家的老婆人家的汉
> 你才是把那眼睛翻安转……

就像刚才兰兰他们听不懂鬼子唱的是甚一样,三个鬼子也完全听不懂这他们从来也没听过的中国乡土小调。再说，这三个鬼子都喝多了酒，哪还管那些，有兰兰这么漂亮的中国女人肯主动过来给他们喝酒唱歌助兴，就心满意足了，不，简直是高兴得要跳起来了。

三个鬼子又是拍手，又"哟西，哟西"个不停！

阳女子就在这空空，过去把捆那父子俩的绳子给割开了。

阳女子就便安顿："先别动，等我们动手再起来！"

兰兰哪愿意给仇敌唱歌，就唱了这么两句，已经把鬼子逗引得不行啦！她赶忙收住，说："你们再好好喝，我去给你们端水！"

兰兰回到炉台前，阳女子就过来，低声说："好啦！"

兰兰不放心，利用往外舀水的空儿，又向后地脚看了一回，亲眼看到弟弟和父亲身上的绳子松开了，就便向他们用眼睛示意了一下。

现在三个鬼子还在喝酒，都已灌得有了六七分醉。

突然，矮胖鬼子转过头叫了起来："酒的，有？"

兰兰这才知道这几个鬼子还真能喝！低估了他们啦！可是，兰兰清楚地知道，家里就这一壶酒！

兰兰赶忙回答："让我看看，皇军，你们要么先吃点肉吧，再不吃，都凉啦！"

兰兰装做在屋里四处寻找酒的样子，顺便到了父亲和弟弟那边，低声说了声："看我一动，你们就……"

兰兰知道再也不能等了，免得夜长梦多，她在屋内转了一圈儿，就又回到炉台前，和阳女子碰了碰手，就要往起端装满了爆开水的瓷盆时，她又突然收手，赶忙拿起一个小铲子，把炉膛内的热柴灰装了一簸箕……

兰兰再看阳女子，还向她点点头，本来是想告诉阳女子：水不行的话，还有这火灰，可是阳女子却以为兰兰叫她动手啦！

阳女子端起手边的瓷盆就向炕上的鬼子冲过去。

也许是太紧张了,阳女子手里的一瓷盆滚爆开水并没有准确地浇到鬼子们的头上,而是连盆子脱手,落到了鬼子面前的小饭桌上……

鬼子"哇"地叫了一声,往开躲挪……

兰兰一看不好,端起自己备好的那一盆连盆带水向鬼子们砸去……

矮胖小鬼子的头正好叫砸着了,惨叫一声歪倒,大个子鬼子却一下子蹦到了地下……这时,柱子那边的父子俩早已跳了起来,并抢先拿起斜靠在墙那儿的两只长枪……

大个子鬼子动作够麻利的,扑过来就要抢夺兰兰她父亲手里的枪,两人顿时撕扯在一起……

根在虽然有枪在手,可他从来也没动过枪,捉法寻不见个拿法,情急中就当棍子抡起来……

父亲和大个儿鬼子撕打在一处,根在抱着个枪,找不到下手的地方……

这就给那个干叫驴老鬼子了一个机会,那家伙刚才虽也叫爆开水烫着了,但都不是要紧处,早已从炕上站了起来,靠在墙角,手里拔出了他的手枪……

兰兰一看不好,大喊了一声"根在"就将已经拿到手的那簸箕火灰,奋力向炕角的老鬼子头上扬去。

兰兰这一下可厉害,滚烫的火灰烫得老鬼子哇哇乱叫,还迷住了双眼,手里虽然有枪,也不知该从哪里打……

根在扑上炕,用枪托子狠狠地砸了老鬼子一下,老鬼子拼命顽抗……

这边,大个子鬼子已经把枪夺了过来,就要向兰兰的父亲肚子上刺去……

站在后边的阳女子挥起手里的擀面杖,尖叫一声,敲在了鬼子的后脑勺上……

大个子鬼子一声没响，歪倒了。

兰兰和阳女子，一个拿菜刀，一个拿擀面杖，正要和弟弟根在一起来对付那个老鬼子，那个老鬼子却像一头惊了的马，斜着身子从炕前边的木头窗户那儿撞出去了。

三十六眼木格窗叫撞出个大洞。

这当儿，小青山扯着嗓子大哭起来，兰兰妈急忙抱起孩子从门上跑出。

根在这会儿才知道自己手里的枪上有刺刀，就便向那第一个倒在炕沿上的小矮胖鬼子的大腿上扎了两刀……

兰兰和阳女子已经追到了院子里。

那老鬼子破窗而出，把手枪也掉了，正要捡，兰兰和阳女子扑了上来，老鬼子眼睛肯定是叫烫着了，没找到手枪，奔命般冲出了院子，向停在那边的汽车而去……

兰兰和阳女子紧追不舍。

根在也从家里冲了出来，挺着个长枪追了上来……

老鬼子还是先上了汽车……关紧了车门，大叫着。

小日本兵醒来了，赶忙启动汽车，汽车呜——呜——响了两声，前边的两只大车灯就突然亮了。

已追到车下的兰兰和阳女子，用菜刀和擀杖在车门上砸、敲。

汽车的铁皮太硬，发出咚咚的响声。

汽车猛地抖动了一下，就已经起步，那边，根在大概是把玻璃砸烂了。

汽车就要往前冲。

兰兰和阳女子，还有根在冲到前边，想拦住。

兰兰大叫："根在，快！往瞎戳眼睛！"

根在在左，阳女子和兰兰在右，跟随着汽车往前跑着。

左边的汽车的眼睛叫根在一枪托就戳瞎了。

右边这只眼，兰兰砍了几刀，阳女子敲了几擀面杖，还是亮着。

再往前,眼看这只瞎了一只眼的日本汽车就要跑了。

兰兰突然抱起路上一块大青石,命也不顾,冲上去,用尽吃奶的力气,向那只"眼睛"砸去……

瞎了两只眼睛的日本汽车终于没能拦住,不过,这狗日的终究也没跑多远,就一声巨响,掉进了路边的一个土崖下……

这件事的结果是:那个矮胖鬼子先叫兰兰用瓷盆砸昏,又叫根在捅了两刀,断了腿上的大血管,很快流血死去。那个大个子日本兵叫阳女子的擀面杖从后脑上砸昏,又叫兰兰她大用绳子紧紧绑在柱子上,醒来后就叫着:"饶命!"那个老鬼子虽然逃到了汽车上,可汽车坠崖后,当场砸死。至于那个小鬼子汽车兵,则完好无损,从汽车里爬出来后就主动举手投降!

这方的一家人里,只有兰兰在最后弄瞎日本汽车的眼睛时,叫汽车撞了一下腿,只是拐了几天,也就不妨事了。

老乡们并没有杀害那两个投降的鬼子兵,在村里关了两天,就交给了返回驻地的中国军队。

这件事像长了翅膀,很快就传遍黄河两岸,青山南北,以至整个绥西。

兰兰在腿上的轻伤好了后的一天,将怀里吃奶的娃娃从自个儿奶头上拽下来,交给母亲,自个儿就跳起来跟着八路军的一个游击队走了。

尾声

第二年黄河流凌时节,在北岸的平原上,有一支八路军的骑兵队正追击溃逃的一群日本鬼子,在追击的马队中,有一个骑白马使双枪的飒爽英姿的女八路,细看她,就是那个美人兰兰……

三年后秋天里的一天。

大青山深处,呵过霜气的草木姚黄魏紫,山道两边花草过膝。

秋风在草尖上吹啸，涧底的流水声幽幽咽咽。

　　寂静的山道上跃出两匹奔马，前马上是一个穿八路军装的男人，怀里好像坐着一个小孩，后边马上，则是一个飒爽英姿的八路女兵。

　　两匹马在山道上奔驰了半天，终于来到了一个向阳的山坡。

　　山坡上长满郁郁的古松。

　　古松下，是一个石块垒成的坟墓。

　　男女战士下马，两人手牵着个小男孩的两只小手来到墓前，燃上香，摆上几样供品。

　　男女八路肃立在墓前一次又一次深深地鞠躬！

　　最后，男女二人牵过那个小孩来，让孩子在墓前双膝跪下，按着头，一次一次地磕。

　　男的女的几乎是同声命令孩子：快叫老舅！

　　聪明的孩子用稚嫩的童声叫着：老舅——老舅——老舅舅——

2010年1—3月写于鄂尔多斯
2018年10月28日重校

后记：我看青山多妩媚

写一部抗日战争的小说，是我多年以来的愿望。

我们这一代人，可以说是看抗日小说和电影长大的。少小时代，僻远如我的故乡准格尔乡间，也绝不乏抗日小说，如《平原枪声》《烈火金刚》《铁道游击队》《新儿女英雄传》《风云初记》，等等，电影更多，代表如《小兵张嘎》《沙家浜》。在我们的课本里，也有《小英雄雨来》《荷花淀》，等等。通过这些作品，我们除了接受了爱国主义教育、革命传统教育，也接受了文学的启蒙。

我的故乡，抗日战争时期，算是后方。由母亲河黄河呵护在臂弯内，与河东、河北边的绥包沦陷区分开，又有马占山将军的东北抗日挺进军驻守。除了沿河一带受过几次日寇的扰袭外，直接遭受战争破坏的程度不大。但人民为抗日所做的贡献却不小，除了支援抗日将士粮草，也有不少好儿女投身抗日疆场，做出了很大牺牲。我外公的二弟，我该叫二姥爷，就在晋西北的国军抗日部队，与日本鬼子打了八年。从小，我亲聆过二姥爷讲的不少抗日打鬼子故事。他伤痕累累，一辈子光棍。晚年作为"五保户"，于八十多岁在贫病苦痛中辞世。

抗战时期，我们那里是绥远省，属于第十二战区，抗日的主要力量，与全国的情形一样也分两个战场：以傅作义将军为首的国军正面战场，以八路军一二〇师一个支队，配合山西省总动员会成成中学师生组成的四支队，于1938年秋，在李井泉、姚喆两位司令员的领导下，突破日寇数道封锁线，挺进平绥铁路以北的大青山，建立了蒙汉杂居的大青山抗日游击根据地，开辟了敌后战场。在民族生死存亡之际，在大青山、土默川、黄河岸上，与如狼似虎的日本侵略者们进行了殊死的搏斗，谱写了一曲气壮山河的抗日史诗。

大青山属古老的阴山山脉，是阴山山脉的中段。位于今天的内蒙古呼和浩特、包头的北边。自上世纪80年代以来，我由于工作关系，来往于呼包鄂之间，不知有多少次凭窗北望这美丽的大青山、英雄的大青山。

2009年夏天，我去大青山下的土默川看望一个做地方领导的中学同学，他问我，为什么不写写大青山抗日的作品呢？是啊，为什么不写呢？于是，我走进大青山，逛遍土默川，访问了一些抗战老人、军烈属。那天，当我在黄河渡口掬着河水洗脸之时，一部关于大青山、土默川、黄河的抗日小说在我脑海里成型了。

具体的写作很顺利，只用了两个月的业余时间，其中不耽误上班，还过了个年，真是一挥而就。后来，书稿放了放，才请编辑部年轻人录入电脑。打印稿交给萧立军老师，2011年《中国作家》第9期发表了，这也是我的长篇小说处女作。

关于这部小说的创作得失，已有俞胜等几位先生的书评。本人就不便再说什么了。近十年过去了，现在要出版单行本了，自己重新看了一遍，才发现：天啊，我几乎是用内蒙古西部方言写了这部小说。书中人物的语言自不用说，连叙述语言也是方言腔！那么，打方言腔写小说到底是好还是不好呢？似乎也很难说。记得《海上花列传》是吴语，《繁花》是沪语，还是任由读者评说吧。

勘校了自己这部《烽火美人》，再次于高速公路上的车窗北望大青山。青山巍峨，创作渺小，突然又产生了一个强烈的冲动：关于大青山抗日根据地，关于那段烽火岁月，何不再写呢？与多年前写作《烽火美人》时的情形惊人相似，几乎没用什么苦心构想，一部《戎马书生》，另一部《蒙古八路》，仿佛就在那里等我，只要动笔就成。

又一次地兴奋了。两部小说的创作已列入工作议程，待他日完成，与这部合集成《大青山三部曲》，既是我对大青山抗日斗争的致敬，也定将一了我多年来写抗日小说的心愿！

《大青山三部曲》可期！

我看青山多妩媚，料青山看我应如是！

2018年12月31日

图书在版编目(CIP)数据

烽火美人/张秉毅著.—上海:复旦大学出版社,2019.8
(复旦大学中文系"高山流水"文丛/陈引驰,梁永安主编)
ISBN 978-7-309-14433-8

Ⅰ.①烽… Ⅱ.①张… Ⅲ.①长篇小说-中国-当代 Ⅳ.①I247.5

中国版本图书馆 CIP 数据核字(2019)第 157362 号

烽火美人
张秉毅 著

出 品 人 严　峰
责任编辑　宋文涛

复旦大学出版社有限公司出版发行
上海市国权路 579 号　邮编:200433
网址:fupnet@ fudanpress.com　http://www.fudanpress.com
门市零售:86-21-65642857　团体订购:86-21-65118853
外埠邮购:86-21-65109143　出版部电话:86-21-65642845
常熟市华顺印刷有限公司

开本 890×1240　1/32　印张 5.75　字数 170 千
2019 年 8 月第 1 版第 1 次印刷

ISBN 978-7-309-14433-8/I・1163
定价:35.00 元

如有印装质量问题,请向复旦大学出版社有限公司出版部调换。
版权所有　侵权必究